COLEÇÃO DESCOBERTA DO HOMEM

1. CARTAS DO PEQUENO PRÍNCIPE — Antoine de Saint-Exupéry
2. PASSADO INDEFINIDO — OS DIAS DUVIDOSOS — O LUCRO DE DEUS — Ascendino Leite.
3. DIÁRIO DE UMA JOVEM — Anne Frank
4. ASCENSÃO PARA A VERDADE —Thomas Merton

CARTAS
DO PEQUENO PRÍNCIPE

COLEÇÃO DESCOBERTA DO HOMEM

1.

Tradução de
MAGDA SOARES GUIMARÃES

Capa de
CLÁUDIO MARTINS

EDITORA ITATIAIA
BELO HORIZONTE
Rua São Geraldo, 53 - Floresta - CEP 30150-070
Tel.: (31) 3212-4600 - Fax: (31) 3224-5151
e-mail: vilaricaeditora@uol.com.br
Home page: www.villarica.com.br

ANTOINE DE SAINT-EXUPÉRY

CARTAS
DO PEQUENO PRÍNCIPE

EDITORA ITATIAIA
Belo Horizonte

Títulos dos originais franceses, publicados por Gallimard, Paris:

LETTRE A UN OTAGE
LETTRE A SA MÈRE
LETTRES DE JEUNESSE

FICHA CATALOGRÁFICA

S137l.P Saint-Exupery, Antoine de Cartas do Pequeno Príncipe / Antoine de Saint-Exupery ; tradução de Magda Soares Guimarães . — Belo Horizonte : Itatiaia , 2008.

168 p. — (Descoberta do homem, 1)

Título original: Lettres de jeunesse.

1.Literatura francesa.I.Guimarães, Magda Soares.

II.Título. III.Título: Lettres de jeunesse.IV.Série.

ISBN: 978-85-319-0265-9 CDU 821.133.1

2008

Direitos de Propriedade Literária adquiridos pela
EDITORA ITATIAIA
Belo Horizonte

Impresso no Brasil
Printed in Brazil

Vida íntima de Antoine de Saint-Exupéry, a parabola do "PEQUENO PRÍNCIPE", evadido de seu estranho asteróide longínquo, é o mais depurado retrato que de si mesmo já deixou qualquer escritor.

E ao reunir em livro a correspondência da juventude e as cartas para sua mãe ao lado da excepcional "CARTA A UM REFÉM", não poderíamos deixar de lembrar sua criação mais acabada e ligá-la a esta parte da vida do autor de "VÔO NOTURNO": suas relações mais íntimas e pessoais. E concluiremos que se nunca chegamos a escrever para Antoine de Saint-Exupéry aquela carta que nos pedia no fim de "O PEQUENO PRÍNCIPE", êle, ao contrário, continuou, mesmo depois de morto, através destas suas obras, a cuidar conosco da pequenina rosa da alma humana.

OS EDITÔRES

ÍNDICE GERAL

CARTA A UM REFÉM

1.

Quando, em dezembro de 1940, indo para os Estados Unidos, atravessei Portugal, Lisboa me pareceu uma espécie de paraíso claro e triste. Nessa ocasião, falava-se muito de uma invasão iminente, e Portugal agarrava-se à ilusão de sua felicidade. Lisboa, que havia construído a mais estupenda exposição que já houve no mundo, sorria um sorriso um pouco pálido, como o daquelas mães que, sem notícias de um filho na guerra, procuram salvá-lo com sua confiança: "Meu filho está vivo, desde que eu sorria..." "Olhem – Lisboa dizia assim, – como sou feliz, pacífica e bem iluminada..." O continente inteiro pesava contra Portugal como uma montanha selvagem, carregada de tribos famintas; Lisboa em festa desafiava a Europa: "Pode alguém tomar-me como alvo, quando tenho tanto cuidado em não me esconder? Quando sou tão vulnerável?..."

As cidades de minha pátria eram, à noite, côr de cinza. Eu me desacostumava de tôda claridade, e essa capital radiosa causava-me um vago mal-estar. Se os bairros dos arredores são sombrios, os diamantes de uma vitrina demasiado iluminada atraem os que andam sem rumo. A gente os sente a rondar. Eu sentia pesar contra Lisboa a noite da Europa, habitada por grupos errantes de bombardeiros, como se tivessem farejado de longe êsse tesouro.

Mas Portugal ignorava o apetite do monstro. Recusava-se a acreditar nos maus sinais. Portugal falava sôbre arte com uma confiança desesperada. Ousaria alguém esmagá-lo em seu culto pela arte? Havia exposto tôdas as suas maravilhas. Ousaria alguém esmagá-lo em suas maravilhas? Mostrava seus grandes homens. Não tendo um exército, não tendo canhões, havia erguido contra o ferro do invasor tôdas as suas sentinelas de pedra: os poetas, os exploradores, os conquistadores. O passado inteiro de Portugal, na falta de um exército e de canhões, barrava o caminho. Ousaria alguém esmagá-lo em sua herança de um passado grandioso?

Eu errava assim, tôda noite, com melancolia, através dos milagres realizados por essa exposição de um gôsto extremo, onde tudo estava próximo da perfeição, até a música tão discreta que, nos jardins, se escoava suavemente, sem estrondo, como um simples canto de fonte. Podia alguém destruir no mundo êsse gôsto maravilhoso da medida?

E eu achava Lisboa, sob seu sorriso, mais triste que minhas cidades extintas.

Conheci, vocês talvez conheceram, essas famílias um pouco estranhas que conservavam à mesa o lugar de um morto. Negavam o irreparável. Mas êsse desafio nunca pareceu consolador. Dos mortos devemos fazer mortos. Porque então êles reencontram, em seu papel de mortos, uma outra forma de presença. Mas aquelas famílias impediam a volta dêles. Faziam dêles ausentes eternos, convivas atrasados por tôda a eternidade. Trocavam o luto por uma espera sem sentido. E essas casas me pareciam mergulhadas em uma inquietude irremediável, muito mais dolorosa que a tristeza. Do pilôto Guillaumet, o último amigo que perdi e que desapareceu no serviço postal aéreo, meu Deus!, aceitei a morte. Guillaumet não mudará mais. Nunca mais estará presente, mas também nunca mais estará ausente. Desapareceu o lugar dêle à minha mesa, êsse ardil inútil, e fiz dêle um verdadeiro amigo morto.

Mas Portugal tentava acreditar na felicidade, conservando-lhe o lugar à mesa, e os lampiões, e a música. Brincavam de ser feliz, em Lisboa, a fim de que Deus viesse a acreditar também em sua felicidade.

O ar de tristeza de Lisboa era explicado também pela presença de certos refugiados. Não falo dos proscritos em busca de um asilo. Não falo de imigrantes à procura de uma terra para fecundar com seu trabalho. Falo daqueles que se exilam para longe da miséria dos seus, a fim de proteger sua fortuna.

Não tendo podido alojar-me na cidade, eu morava no Estoril, junto do cassino. Saía de uma guerra densa: meu Grupo aéreo, que durante nove meses não interrompera seus vôos sôbre a Alemanha, tinha ainda perdido, na única ofensiva alemã, três quartos de suas tripulações. De volta à pátria, eu tinha conhecido a sombria atmosfera da escravidão e a ameaça da fome. Tinha vivido a noite espêssa de nossas cidades. E eis que, a dois passos de minha pátria, tôda noite, o cassino de Estoril enchia-se de refugiados. Cadillacs silenciosos, que pareciam dirigir-se a algum lugar, deixavam-nos sôbre a areia fina do pórtico de entrada. Vestiam-se para o jantar, como outrora. Mostravam seus plastões ou suas pérolas. Tinham-se convidado uns aos outros para refeições de figurantes, onde nada teriam a se dizer.

Depois, jogavam roleta ou bacará, de acôrdo com as fortunas. Às vêzes, eu ia vê-los. Não experimentava nem indignação, nem sentimento de ironia, mas uma vaga angústia. A mesma que sentimos no Jardim Zoológico, diante dos sobreviventes de uma espécie extinta. Instalavam-se ao redor das mesas. Agarravam-se a um banqueiro austero e esmeravam-se em experimentar a esperança, o desespêro, o mêdo, o desejo e o júbilo. Como se fôssem vivos. Jogavam fortunas que talvez, naquele mesmo instante, já não tinham nenhuma significação. Usavam moedas talvez inteiramente desvalorizadas. Os valôres de seus cofres eram talvez garantidos por fábricas já confiscadas ou já próximas da destruição, ameaçadas como estavam pelas bombas aéreas. Emitiam letras contra Sirius. Esforçavam-se para acreditar, ligando-se ao passado, na legitimidade de sua febre, na cobertura de seus cheques, na eternidade de suas convenções, como se nada, desde alguns meses, tivesse começado a abalar-se sôbre a terra. Era irreal. Parecia um bailado de bonecos. Mas era triste.

Com certeza, êles nada sentiam. Eu os abandonava. Ia respirar junto ao mar. E aquêle mar de Estoril, mar de estação de águas, mar domesticado, parecia-me entrar também no jôgo. Atirava no gôlfo uma única onda lenta, brilhante de luar, como uma roupa de gala fora da época.

Eu encontrava no navio os meus refugiados. Êsse navio emanava também uma leve angústia. Êsse navio transportava, de um continente a outro, aquelas plantas sem raízes. Eu dizia a mim mesmo: "Quero ser um viajante, não um emigrante. Aprendi tantas coisas em minha pátria que serão inúteis em outros lugares". Mas eis que meus emigrantes tiravam do bôlso a pequena caderneta de endereços, os restos de sua identidade. Fingiam ainda ser alguém. Agarravam-se com tôdas as fôrças a alguma significação. "Sabem, eu sou fulano de tal, diziam êles... sou de tal cidade... amigo de sicrano... conhecem sicrano?"

E contavam a história de um companheiro, ou a história de uma responsabilidade, ou a história de um êrro, ou qualquer outra história que os pudesse ligar a qualquer coisa. Mas nada dêsse passado lhes ia servir mais, desde que se exilaram. Tudo estava ainda quente, fresco, vivo, como o são, a princípio, as recordações de amor. Fazemos um pacote das cartas ternas. Juntamos algumas lembranças. Amarramos tudo com cuidado. E a relíquia, a princípio, exala um encanto melancólico. Depois, uma loura de olhos azuis passa e a relíquia morre. Pois o companheiro também, a responsabilidade, a cidade natal, as recordações de casa desbotam, quando não servem mais.

Êles sentiam bem isso. Da mesma forma que Lisboa fingia ser feliz, êles fingiam acreditar que voltaria logo. É doce a ausência do filho pródigo! É uma falsa ausência, pois atrás dêle ficou a casa paternal. Que a gente esteja ausente no quarto vizinho, ou no outro lado do planêta, a diferença não é essencial. A presença do amigo que, aparentemente, se afastou pode tornar-se mais densa que uma presença real. É a da prece. Nunca amei tanto a minha casa como no Saara. Nunca noivo algum se sentiu tão próximo de sua noiva como os marinheiros bretões do século XVI, quando dobravam o Cabo Horn e envelheciam contra a muralha dos ventos contrários. Desde a partida, êles já começavam a voltar. Içando as velas com suas mãos pesadas, era a volta que preparavam. O caminho mais curto para o pôrto da Bretanha e a casa da noiva passava pelo Cabo Horn. Mas meus emigrantes me pareciam marinheiros bretões cuja noiva bretã tivesse sido roubada. Nenhuma noiva bretã iluminava, para êles, sua tímida lâmpada. Não eram filhos pródigos. Eram filhos pródigos sem casa para onde voltar. Então é que começa a verdadeira viagem, que é fora de si mesmo.

De que modo se reconstruir? Como refazer em si a pesada meada de lembranças? Aquêle navio fantasma estava carregado, como os limbos, de almas por nascer. Os únicos que pareciam reais, tão reais que a gente gostaria de tocá-los com o dedo, eram os que, integrados no navio e enobrecidos por verdadeiras funções, carregavam as bandejas, poliam os cobres, engraxavam os sapatos e, com um vago desprêzo, serviam os mortos. Não era por causa da pobreza que a tripulação menosprezava os emigrantes. Não era dinheiro o que lhes faltava, mas densidade. Êles não eram mais o homem de tal casa, de tal amigo, de tal responsabilidade. Representavam seu papel, mas não era mais verdade. Ninguém precisa dêles, ninguém recorreria a êles. Que maravilha o telegrama que nos excita, nos faz levantar no meio da noite, nos impele para a estação: "Venha! Preciso de você!" Descobrimos logo amigos que nos ajudam. Merecemos lentamente os que exigem nossa ajuda. Naturalmente, ninguém odiava meus emigrantes, ninguém os invejava, ninguém os importunava. Mas ninguém os amava com o único amor que tem valor. Eu dizia a mim mesmo: desde a chegada, êles serão convidados para *coktails* de boas-vindas, para jantares de consolação. Mas quem baterá em suas portas exigindo ser recebido? "Abra! Sou eu!" É preciso amamentar durante muito tempo uma criança, antes que ela o exija. É preciso cultivar durante muito tempo um amigo, antes que êle reclame seu crédito de amizade. É preciso arruinar-se durante gerações, consertando o velho castelo que se desmorona, para aprender a amá-lo.

2.

Eu dizia então comigo mesmo: "O essencial é que fique em alguma parte aquilo de que vivemos. E os costumes. E a festa da família. E a casa de lembranças. O essencial é viver para a volta..." E eu me sentia ameaçado em minha própria substância pela fragilidade dos pólos distantes de que dependia. Estava ameaçado de conhecer um verdadeiro deserto, e começava a compreender um mistério que durante muito tempo me tinha intrigado.

Vivi três anos no Saara. Também eu sonhei, depois de tantos outros, com sua magia. Quem conheceu a vida no Saara, onde, aparentemente, só há solidão e miséria, chora, entretanto, aquêles anos como os mais belos de sua vida. As expressões "nostalgia da areia, nostalgia da solidão, nostalgia do espaço" são apenas fórmulas literárias, e nada explicam. Ora, eis que, pela primeira vez, a bordo de um navio pulalante de passageiros acumulados uns sôbre os outros, parecia-me compreender o deserto.

Naturalmente, o Saara só oferece, a perder de vista, uma areia uniforme, ou mais exatamente, pois as dunas são raras, uma areia pedregosa. A gente está constantemente envolvido pelas próprias condições do aborrecimento. E, entretanto, divindades invisíveis constroem-nos uma rêde de direções, de declives e de sinais, uma musculatura secreta e viva. Não há mais uniformidade. Tudo se orienta. Até mesmo um silêncio não se parece ali com outro silêncio.

Há um silêncio da paz, quando as tribos se conciliam, quando a noite traz sua frescura e parece que a gente pára, as velas dobradas, em um pôrto tranqüilo. Há um silêncio do meio-dia, quando o sol impede os pensamentos e os movimentos. Há um falso silêncio, quando o vento do Norte amaina e o aparecimento de insetos, arrancados como pólen, dos oásis do interior, anuncia a tempestade de Leste, portadora de areia. Há um silêncio de conspiração, quando se sabe que uma tribo longínqua fermenta. Há um silêncio de mistérios, quando os árabes se reúnem em seus indecifráveis conciliábulos. Há um silêncio tenso, quando o mensageiro demora a voltar. Um silêncio agudo quando, à noite, a gente prende a respiração para escutar. Um silêncio melancólico, se a gente se lembra dos que ama.

Tudo se polariza. Cada estrêla fixa uma direção verdadeira. São, tôdas elas, estrêlas de Magos. Servem tôdas a seu próprio deus. Esta indica a direção de um poço longínquo, difícil de atingir. E a distância que nos separa dêsse poço pesa como uma muralha. Aquela indica a direção de um poço extinto. E a própria estrêla parece sêca. E a distância que nos separa do poço extinto não tem declives. Uma outra estrêla serve de guia para um oásis desconhecido, de que os nômades falaram, mas que nos é proibido pela dissidência. E a areia que nos separa do oásis é relva de contos de fadas. Uma outra ainda indica a direção de uma cidade branca do Sul, saborosa, parece, como um fruto em que meter os dentes. Outra indica o mar.

Enfim, pólos quase irreais imantam de muito longe êsse deserto: uma casa de infância, que permanece viva na lembrança. Um amigo de quem nada sabemos, só que existe.

Assim, a gente se sente tenso e vivificado pelo campo de fôrças que nos atraem ou repelem, nos solicitam ou nos resistem. A gente se sente bem fundamentado, bem determinado, bem instalado no centro das direções cardinais.

E como o deserto não oferece nenhuma riqueza palpável, como não há nada para se ver nem para se escutar no deserto, é-se obrigado a reconhecer, desde que a vida interior aí, longe de entorpecer-se, fortifica-se, que o homem é animado, antes de tudo, por solicitações invisíveis. O homem é governado pelo Espírito. Eu valho, no deserto, o que valem minhas divindades.

Assim, se a bordo de meu triste navio, eu me sentia rico de direções ainda férteis, se habitava um planêta ainda vivo, era graças a alguns amigos perdidos atrás de mim, na noite da França, e que começavam a ser-me essenciais.

A França, sem dúvida, era para mim não uma deusa abstrata, não um conceito de historiador, mas uma carne de que eu dependia, uma rêde de liames que me regia, um conjunto de pólos que apoiavam os declives de meu coração. Eu experimentava a necessidade de sentir mais sólidos e mais duráveis que eu mesmo os de que necessitava para orientar-me. A fim de saber para onde voltar. A fim de existir.

Nêles estava meu país inteiro, que vivia em mim mesmo através dêles. Para quem navegava no mar, um continente se resume assim no simples brilho de alguns faróis. Um farol não mede a distância. Sua luz está simplesmente presente nos olhos. E tôdas as maravilhas do continente habitam na estrêla.

E eis que hoje, quando a França, após a ocupação total, entrou em bloco no silêncio, com sua carga, como um navio todo apagado e do qual ignoramos se sobrevive ou não aos perigos do mar, a sorte de cada um dos que amo me atormenta mais que uma doença instalada em mim. Sinto-me ameaçado em minha essência pela fragilidade dêles.

Aquêle que, esta noite, domina minha memória tem cinqüenta anos. Está doente. E é judeu. Como terá sobrevivido ao terror alemão? Para imaginar que êle ainda existe, preciso acreditar que é ignorado pelo invasor, abrigado em segrêdo pela bela muralha de silêncio dos camponeses de sua aldeia. Só então acredito que ainda vive. Só então, gozando de longe do império de sua amizade, que não tem fronteiras, é-me permitido sentir-me não um imigrante, mas um viajante. Porque o deserto não está onde o julgamos. O Saara é mais vivo que uma capital, e a cidade mais movimentada se esvazia se os pólos essenciais da vida são desimantados.

3.

De que modo então a vida construiu estas linhas de fôrça de que vivemos? De onde vem o pêso que me atrai para a casa dêsse amigo? Quais são então os momentos capitais que fizeram dessa presença um dos pólos de que necessito? Com quais acontecimentos secretos se constroem os sentimentos particulares e, através dêles, o amor pela pátria?

Como fazem pouco ruído os verdadeiros milagres! Como são simples os acontecimentos essenciais! Há tão pouco a dizer sôbre o instante que desejo recordar, que é preciso que eu o reviva em sonho, e fale a êsse amigo.

Foi num dia antes da guerra, nas margens do Saône, no caminho de Tournus. Nós tínhamos escolhido, para almoçar, um restaurante cujo balcão de pranchas se erguia por sôbre o rio. Debruçados em uma mesa simples, cheia de nomes gravados a faca pelos clientes, tínhamos pedido dois Pernod. Seu médico lhe proibia o álcool, mas você desobedecia nas grandes ocasiões. Aquela era uma delas. Não sabíamos por que, mas era uma delas. O que nos alegrava era mais impalpável que a qualidade da luz. Você tinha, pois, escolhido êsse Pernod das grandes ocasiões. E como dois marinheiros, a dois passos de nós, descarregavam um barco, convidamos os marinheiros. Chamamo-los do alto do balcão. E êles vieram. Simplesmente vieram. Tínhamos achado tão natural convidar companheiros, talvez por causa daquela invisível festa em nós. Era evidente que êles responderiam ao sinal. E então nós brindamos!

O sol estava agradável. Seus raios tépidos banhavam as árvores da outra margem e a planície, até o horizonte. Estávamos cada vez mais alegres, sempre sem saber por quê. Sentíamo-nos seguros porque o sol iluminava bem, porque o rio corria, a refeição era a refeição, os marinheiros tinham respondido ao chamado, a criada nos servia com uma espécie de gentileza feliz, como se presidisse a uma festa eterna. Estávamos inteiramente em paz, bem integrados ao abrigo da desordem em sua civilização definitiva. Gozávamos de uma espécie de estado perfeito em que, satisfeitos todos os desejos, nada mais tínhamos a confiar-nos. Sentíamo-nos puros, direitos, luminosos e indulgentes. Não saberíamos dizer que verdade nos aparecia em sua evidência. Mas o sentimento que nos dominava era bem o da segurança. De uma segurança quase orgulhosa.

Dêsse modo o universo, através de nós, demonstrava sua boa vontade. A condenação das nebulosas, o endurecimento dos planêtas, a formação das primeiras amebas, o trabalho gigantesco da vida que caminhou da ameba até o homem, tudo tinha maravilhosamente convergido para chegar, através de nós, àquela qualidade de prazer! Não era nada má, como êxito.

Assim, nós saboreávamos essa compreensão muda e êsses ritos quase religiosos. Embalados pelo vaivém da criada sacerdotal, os marinheiros e nós brindávamos como fiéis de uma mesma Igreja, embora não soubéssemos dizer qual. Um dos dois marinheiros era holandês. O outro, alemão. Êste tinha outrora fugido do nazismo, pois era perseguido lá como comunista ou como trotskysta, ou como católico, ou como judeu. (Não me lembro mais do rótulo em nome do qual o homem era proscrito). Mas, naquele instante, o marinheiro era uma coisa bem diferente de um rótulo. O conteúdo é que contava. A massa humana. Era um amigo, simplesmente. E estávamos de acôrdo, entre amigos. Você estava de acôrdo. Eu estava de acôrdo. Os marinheiros e a criada estavam de acôrdo. De acôrdo sôbre o quê? Sôbre o Pernod? Sôbre a significação da vida? Sôbre a suavidade do dia? Nós também não saberíamos dizê-lo. Mas êsse acôrdo era tão completo, tão sòlidamente estabelecido em profundidade, baseava-se em uma bíblia tão evidente em sua substância, embora inexprimível por palavras, que concordaríamos fàcilmente em fortificar aquêle pavilhão, em resistir a um cêrco e em morrer atrás de metralhadoras para salvar aquela substância.

Que substância?... Isto é que é difícil expressar! Arrisco-me a só mostrar os reflexos, não o essencial. As palavras insuficientes deixarão fugir minha verdade. Serei obscuro se pretender que teríamos fàcilmente combatido para salvar uma certa qualidade do sorriso dos marinheiros, e de seu sorriso e de meu sorriso, e do sorriso da criada, um certo milagre daquele sol que trabalhava tanto, durante milhões de anos, para chegar, através de nós, à qualidade de um sorriso que era bastante bem sucedido.

Freqüentemente, o essencial não tem pêso. O essencial aqui, aparentemente, foi apenas um sorriso. Um sorriso é freqüentemente o essencial. Pagam-nos com um sorriso. Recompensam-nos com um sorriso. Animam-nos com um sorriso. E a qualidade de um sorriso pode fazer-nos morrer. Entretanto, como essa qualidade nos libertava tão bem da angústia dos tempos presentes, dava-nos segurança, esperança, paz, sinto hoje a necessidade, para tentar exprimir-me melhor, de contar também a história de outro sorriso.

4.

Foi durante uma reportagem sôbre a guerra civil na Espanha. Eu cometera a imprudência de assistir, ocultamente, pelas três horas da manhã, ao embarque de material secreto em uma plataforma de carga. A agitação dos grupos e uma certa obscuridade pareciam favorecer minha indiscrição. Mas soldados anarquistas julgaram-me suspeito.

Foi muito simples. Eu ainda não suspeitava da aproximação dêles, elástica e silenciosa, quando se fecharam ao redor de mim, lentamente, como os dedos de uma mão. O cano da carabina roçou ligeiramente meu ventre e o silêncio pareceu-me solene. Levantei enfim os braços.

Observei que êles olhavam não para meu rosto, mas para minha gravata (a moda de um bairro anarquista era contra êsse objeto de arte). Meus músculos contraíram-se. Esperava a descarga, era a época dos julgamentos rápidos. Mas não houve nenhuma descarga Depois de alguns segundos de um vácuo absoluto, durante o qual os grupos no trabalho me pareceram dançar, em outro universo, uma espécie de bailado de sonho, meus anarquistas, com um ligeiro movimento de cabeça, fizeram sinal para que eu os precedesse e pusemos-nos em marcha, sem pressa, entre as mercadorias. A prisão tinha sido feita em silêncio perfeito e com extraordinária economia de movimentos. Assim age a fauna submarina.

Penetrei em breve em um porão transformado em pôsto de guarda. Mal iluminados por uma fraca lâmpada de petróleo, outros soldados cochilavam, com a carabina entre as pernas. Trocaram algumas palavras, com voz neutra, com os homens de minha patrulha. Um dêles me revistou.

Falo espanhol, mas ignoro o catalão. Compreendi, entretanto que exigiam meus papéis. Tinha-os esquecido no hotel. Respondi: "Hotel... Jornalista..." sem saber se minha linguagem transmitia alguma coisa. Minha máquina fotográfica passou de mão em mão, como uma peça de acusação. Alguns dos que bocejavam, curvados em cadeiras oscilantes, levantaram-se com uma espécie de aborrecimento e encostaram-se na parede.

Pois a impressão dominante era a do aborrecimento. De aborrecimento e de sono. A capacidade de atenção daqueles homens estava inteiramente esgotada, pareceu-me. Eu quase desejaria, como um contato humano, um sinal de hostilidade. Mas êles não me faziam a mercê de nenhum gesto de cólera, nem mesmo de reprovação. Tentei diversas vêzes protestar em espanhol. Meus protestos caíram no vácuo. Olharam-me sem reagir, como se olhassem um peixe chinês num aquário.

Esperavam. Esperavam o quê? A volta de um dêles? A aurora? Eu dizia a mim mesmo: "Esperam talvez que a fome venha..."

Dizia ainda a mim mesmo: "Vão fazer uma tolice! É inteiramente ridículo!..." O sentimento que me dominava — muito mais que um sentimento de angústia — era desgôsto pelo absurdo. Dizia comigo mesmo: "Se êles se degelarem, se desejarem agir, atirarão!"

Será que eu estava verdadeiramente em perigo? Continuavam êles a ignorar que eu não era um sabotador nem um espião, mas um jornalista? Que meus papéis de identidade estavam no hotel? Tinham tomado alguma decisão? Qual?

Eu nada sabia sôbre êles, a não ser que fuzilavam sem grandes lutas de consciência. Os revolucionários de vanguarda, seja de que partido forem, perseguem não os homens (não consideram o homem em sua substância), mas os sintomas. A verdade contrária lhes parece uma doença epidêmica. Por qualquer sintoma duvidoso, mandam o contagiado para o isolamento. O cemitério. Por isso é que me parecia sinistro aquêle interrogatório que caía sôbre mim por monossílabos vagos, de vez em quando, e do qual eu nada compreendia. Minha vida dependia de uma roleta cega. Por isso também é que eu sentia a estranha necessidade de gritar-lhes, a fim de me tornar realmente presente, qualquer coisa sôbre mim que me integrasse em meu verdadeiro destino. Minha idade, por exemplo! É uma coisa impressionante a idade de um homem! Resume uma vida inteira. A maturidade que a gente adquire vai-se fazendo lentamente. E se faz contra tantos obstáculos vencidos, contra tantas doenças graves curadas, contra tantos sofrimentos apaziguados, contra tantos desesperos superados, contra tantos riscos, cuja maior parte escapou à consciência. Faz-se através de tantos desejos, tantas esperanças, tantos remorsos, tantos esquecimentos, tanto amor. A idade de um homem representa uma bela carga de experiências e de lembranças! Apesar das ciladas, dos tropeços, dos desvios, continuamos a avançar, de qualquer jeito, com dificuldade, como uma boa carroça. E agora, graças a uma convergência obstinada de ocorrências felizes, chegamos a determinado ponto. A gente tem trinta e sete anos. E a boa carroça, se Deus quiser, levará ainda mais longe sua carga de lembranças. Eu dizia, pois, a mim mesmo: "Eis em que ponto estou. Tenho trinta e sete anos..." Gostaria de fazer com que esta confidência pesasse sôbre meus juízes... mas êles não me interrogavam mais.

Foi então que aconteceu o milagre. Oh! um milagre muito discreto. Eu não tinha cigarros. Como um de meus carcereiros fumava, pedi-lhe, com um gesto, que me desse um, e esbocei um vago sorriso. O homem se espreguiçou primeiro, passou lentamente a mão na testa, olhou não mais para minha gravata, mas para meu rosto e, para grande espanto meu, esboçou, êle também, um sorriso. Foi como o nascer do dia.

Êsse milagre não resolveu o drama, mas simplesmente eliminou-o, como a luz elimina a sombra. Nenhum drama existia mais. Êsse milagre não modificou nada visível. A péssima lâmpada de petróleo, a mesa coberta de papéis, os homens encostados na parede, a côr dos objetos, o odor, persistiam. Mas tôdas as coisas se transformaram em sua substância. Aquêle sorriso me libertou. Era um sinal tão definitivo, tão evidente em suas próximas conseqüências, tão irreversível quanto o aparecimento do sol. Abria uma nova era. Nada se havia modificado, tudo estava modificado. A mesa coberta de papéis encheu-se de vida. A lâmpada de petróleo encheu-se de vida. As paredes tinham vida. O aborrecimento que se desprendia dos objetos mortos daquele porão abrandou-se como por encanto. Era como se um sangue invisível tivesse recomeçado a circular, ligando tôdas as coisas a um mesmo corpo e restituindo-lhes uma significação.

Também os homens não se haviam movido, mas, enquanto que, um segundo antes, êles me pareciam mais longe de mim que uma espécie antidiluviana, agora renasciam para uma vida próxima. Eu sentia uma extraordinária sensação de presença. Era bem isso: de presença! E sentia meu parentesco.

O rapaz que tinha sorrido para mim e que, um segundo antes, era apenas uma função, um instrumento, uma espécie de inseto monstruoso, revelava-se agora um pouco desajeitado, quase tímido, de uma timidez maravilhosa. Não que êsse terrorista fôsse menos brutal que qualquer outro! Mas o aparecimento do homem nêle aclarava tão bem sua parte vulnerável! Nós, os homens, tomamos ares importantes, mas conhecemos, no íntimo do coração, a hesitação, a dúvida, a tristeza...

Nada ainda tinha sido dito. Entretanto, tudo estava resolvido. Pus a mão, em agradecimento, no ombro do soldado, quando êle me estendeu o cigarro. E como, rompido de uma vez o gêlo, os outros soldados também voltassem a ser homens, entrei no sorriso de todos como em um país nôvo e livre.

Entrei no sorriso dêles como, outrora, no sorriso de nossos salvadores do Saara. Os companheiros nos tinham encontrado depois de dias de procura, tinham aterrissado o menos longe possível e caminhavam em nossa direção com grandes passos, balançando os odres de água, bem visíveis em cada mão. Lembro-me do sorriso dos salvadores, quando estava perdido, do sorriso dos perdidos, quando era salvador, lembro-me dêle como de uma pátria em que me sentia muito feliz. O verdadeiro prazer é o prazer de conviver. O salvamento era apenas uma ocasião de gozar dêsse prazer. A água não tem o poder de encantar, se antes não é presente da boa vontade dos homens.

Os cuidados dispensados a um doente, o acolhimento dado ao proscrito, até mesmo o perdão, só valem graças ao sorriso que ilumina a festa. Reunimo-nos no sorriso acima das línguas, das castas, dos partidos. Somos os fiéis de uma mesma Igreja, os outros e seus costumes, eu e os meus.

5.

Essa qualidade de alegria não é o fruto mais precioso da nossa civilização? Uma tirania totalitária poderia também satisfazer-nos em nossas necessidades materiais. Mas não somos um rebanho no pasto. A prosperidade e o confôrto não seriam suficientes para nos satisfazer. Para nós, que nos educamos no culto do respeito pelo homem, têm muito valor os simples encontros que se transformam às vêzes em festas maravilhosas...

Respeito pelo homem! Respeito pelo homem!... Aí é que está o busílis! Quando o nazista respeita exclusivamente aquêle que se parece com êle, respeita apenas a si mesmo. Recusa as contradições criadoras, destrói tôda esperança de ascensão e erige, por mil anos, em lugar de um homem, o *robot* de um formigueiro. A ordem pela ordem destrói no homem seu poder essencial, que é transformar tanto o mundo quanto a si mesmo. A vida cria a ordem, mas a ordem não cria a vida.

Parece-nos, bem ao contrário, que nossa ascensão não terminou, que a verdade de amanhã alimenta-se do êrro de ontem, e que as contradições a superar são o próprio humo do nosso crescimento. Reconhecemos como nossos mesmo aquêles que são diferentes de nós. Mas que parentesco estranho! Baseia-se no futuro, não no passado. No fim, não na origem. Somos, uns para os outros, peregrinos que, ao longo de diversos caminhos, sofremos pelo mesmo fim.

Mas eis que hoje o respeito pelo homem, requisito de nossa ascensão, está em perigo. Os abalos do mundo moderno mergulharam-nos nas trevas. Os problemas são incoerentes, as soluções, contraditórias. A verdade de ontem está morta, a de amanhã ainda está para ser construída. Nenhuma síntese válida é entrevista, e cada um de nós possui apenas uma parcela da verdade. Incapazes de se impor pela evidência, as religiões políticas apelam para a violência. E eis que, dividindo-nos quanto aos métodos, arriscamo-nos a não mais reconhecer que caminhamos para o mesmo fim.

O viajante que sobe uma montanha na direção de uma estrêla, quando se deixa absorver pelos problemas da escalada, está arriscado a esquecer qual estrêla o guia. Se só age por agir, não irá a parte nenhuma. A zeladora de uma catedral, quando se preocupa demasiado com a disposição das cadeiras, está arriscada a esquecer que serve a um deus. Assim, prendendo-me a qualquer paixão partidária, estou arriscado a esquecer que uma política só tem sentido quando está a serviço de uma evidência espiritual. Gozamos, nas horas de milagre, uma certa qualidade das relações humanas: aí está para nós a verdade.

Seja qual fôr a urgência da ação, é-nos proibido esquecer a vocação que deve comandá-la, sem o que essa ação será estéril. Desejamos fundar o respeito pelo homem. Por que odiar-nos dentro de um mesmo campo? Nenhum de nós possuía o monopólio da pureza de intenção. Posso combater, em nome de meu caminho, o caminho que um outro escolheu. Posso criticar a orientação de sua razão. A orientação da razão é incerta. Mas devo respeitar êsse homem, no plano do Espírito, se êle caminha em direção à mesma estrêla.

Respeito pelo Homem! Respeito pelo Homem!... Se o respeito pelo homem estiver estabelecido no coração dos homens, os homens acabarão por estabelecer, em retribuição, o sistema social, político ou econômico que consagrará êsse respeito. Uma civilização funda-se, antes de tudo, na substância. Ela é, antes de tudo, no homem, o desejo cego de um certo calor. Em seguida, o homem, de êrro em êrro, encontra o caminho que conduz ao fogo.

6.

É SEM dúvida por isso, meu amigo, que sinto tamanha necessidade de sua amizade. Tenho sêde de um companheiro que, acima dos litígios da razão, respeite em mim o peregrino dêsse fogo. Sinto às vêzes a necessidade de gozar, antecipadamente, o calor prometido, e de descansar, um pouco fora de mim mesmo, nesse encontro que será nosso.

Estou tão cansado das polêmicas, dos exclusivismos, dos fanatismos! Posso entrar em sua casa sem vestir um uniforme, sem submeter-me à recitação de um Alcorão, sem renunciar a qualquer coisa de minha pátria interior. Junto de você, não tenho de me desculpar, não tenho de pedir, não tenho de provar; encontro a paz, como em Tournus. Acima de minhas palavras insensatas, acima dos raciocínios que podem enganar-me, você considera em mim simplesmente o Homem. Você respeita em mim o embaixador de crenças, de costumes, de amôres particulares. Se sou diferente de você, em vez de lesá-lo, aumento-o. Você me interroga como se interroga o viajante.

Eu, que tenho, como todos, a necessidade de ser reconhecido, sinto-me puro em você e vou a você. Tenho necessidade de ir aonde sou puro. Não foram minhas fórmulas nem minhas atitudes que disseram a você quem eu era. Foi a aceitação do que sou que fêz você indulgente, quando necessário, para com essas atitudes e essas fórmulas. Eu lhe agradeço ter-me recebido tal qual sou. Que farei com um amigo que me julga? Se acolho um amigo à minha mesa, convido-o a sentar-se, se é manco, e não lhe peço para dançar.

Meu amigo, sinto necessidade de você como de um pico onde se respira! Sinto necessidade de debruçar-me junto de você, uma vez ainda, nas margens do Saône, sôbre a mesa de um pequeno albergue de tábuas separadas, e de convidar dois marinheiros, em companhia dos quais brindaremos na paz de um sorriso semelhante ao dia.

Se eu ainda combater, combaterei um pouco por você. Sinto necessidade de você para acreditar melhor na volta daquele sorriso.

Sinto necessidade de ajudá-lo a viver. Vejo-o tão fraco, tão ameaçado, arrastando seus cinqüenta anos, por horas e horas, a fim de subsistir ainda um dia, na soleira de algum armazém pobre, tremendo sob o abrigo precário de um capote gasto. Você, tão francês, sinto que está duas vêzes em perigo de morte, como francês e como judeu. Sinto o preço de uma comunidade que não mais autoriza os litígios. Somos todos da França como de uma árvore, e servirei sua verdade como você teria servido a minha. Para nós, franceses de fora, trata-se, nesta guerra, de libertar a provisão de sementes geladas pela neve da presença alemã. Trata-se de socorrer vocês, que estão ao longe. Trata-se de fazer com que vocês sejam livres na terra onde têm o direito fundamental de desenvolver suas raízes. Vocês são quarenta milhões de reféns. É sempre nos porões da opressão que se preparam as novas verdades: quarenta milhões de reféns meditam, ao longe, nessa nova verdade. Submetemo-nos, antecipadamente, a essa verdade.

Porque serão certamente vocês que nos ensinarão. Não cabe a nós levar a flama espiritual aos que já a nutrem com sua própria substância, como uma cêra. Vocês talvez nem leiam nossos livros. Talvez nem escutem nossos discursos. Talvez rejeitem nossas idéias. Nós não fundamos a França. Podemos apenas servi-la. Não importa o que tenhamos feito, não teremos direito a nenhum reconhecimento. Não há comparação entre o combate livre e a opressão na noite. Não há comparação entre o ofício de soldado e o ofício do refém. Vocês é que são os santos.

CARTAS A SUA MÃE

Às cartas de Antoine de Saint-Exupéry a sua mãe, foram acrescentadas — colocadas na ordem cronológica — algumas cartas escritas por êle a suas irmãs e a seu cunhado.

PRÓLOGO[1]

Não se trata de mim: "Sou apenas aquêle que transporta."

Não se trata de nós: somos caminho para Deus que toma por um instante nossa geração e a utiliza.

(CITADELLE)

ESCREVERAM A RESPEITO de Antoine de Saint-Exupéry:

"Sabemos que êle não conheceu a paz. Pensava apenas em distribuir o essencial, menos aos sedentários, aos satisfeitos, que aos impacientes, aos que queimam, seja qual fôr o fogo que os inflama."[2]

É a êstes que é dirigida a mensagem de Antoine, porque êle encontrou as mesmas alegrias, as mesmas dificuldades, as mesmas esperanças, talvez os mesmos desesperos.

Suas cartas e seus livros são o testemunho de suas alegrias e de suas lutas:

— Alegrias de uma infância feliz.

— Luta pela vida material em Paris, quando era contador em uma fábrica de telhas.

— Em Montluçon, quando era representante dos caminhões Saurer.

— Luta contra as areias e os elementos, quando fazia a linha Toulouse-Dakar, No deserto da Líbia, durante o reide Paris-Saigon.

— Luta contra a solidão no isolamento de Cap-Juby.

— Luta contra a injustiça em Marignane.

— Luta contra o desânimo quando, desembarcando em Argel, pronto a morrer, impediram-no, segundo sua expressão, de "participar".

— Enfim, luta suprema em Borgo, luta com a morte.

Dêsse combate constante que, de sua infância feliz, levou-o duramente até Deus, dão testemunho suas cartas.

[1] Êste prólogo é o texto de uma conferência pronunciada por Madame de Saint-Exupéry, em 1950 e 1953, em Marselha, Cabris, Lyon, Divonne, Nyons, Reims e no sanatório universitário de Vence.

[2] Pierre Macaigne.

TESTEMUNHO DAS ALEGRIAS E LEMBRANÇAS DA INFÂNCIA

Sòzinho, à noite, estendido no deserto, êle volta em espírito para sua casa:

"Bastava que ela existisse para que minha noite se enchesse de sua presença.

Eu não era mais aquêle corpo estendido sôbre a areia, orientava-me, era a criança daquela casa, cheio da lembrança de seus perfumes, cheio da frescura de seus vestíbulos, cheio das vozes que a animavam; até o canto das rãs nos charcos chegava até mim. Não, eu não me movia mais entre a areia e as estrêlas, não recebia mais do deserto uma mensagem fria, e mesmo daquele gôsto de eternidade que eu pensava que me vinha dêle, descobria agora sua origem: revia minha casa.

Não sei o que se passa comigo, esta atração me liga ao solo; quando tantas estrêlas estão imantadas, uma outra atração me faz voltar a mim mesmo: sinto meu pêso que me prende a tantas coisas, meus sonhos são mais reais que estas dunas, que esta lua, que estas presenças. . .

Ah! o maravilhoso de uma casa não é o abrigo ou o acolhimento que ela nos dá, nem as paredes que possuímos, mas essas provisões de ternura que ela lentamente acumula em nós, êsse maciço obscuro que ela forma no fundo do coração e de onde nascem, com as águas das fontes, os sonhos."[1]

A casa que foi para Antoine "provisão de ternura" era uma casa sem estilo definido, mas acolhedora e espaçosa.

O parque, com o mistério de suas moitas de lilás, suas grandes tílias, era o paraíso das crianças. Lá, Biche criava seus pássaros, Antoine as rôlas.

Mas todos se reuniam para "a cavalgada do cavaleiro Aclin", e as alamêdas viam passar o "vôo a vela": a bicicleta munida de um alto mastro, onde se prendia uma vela. Depois de uma corrida desenfreada, essa bicicleta elevava-se nos ares. Mas "a gente grande" nunca soube nada a respeito disso.

Nos dias de chuva, ficava-se em casa.

A distração era o sótão das "maravilhas". Biche tinha lá um quarto chinês, onde só se podia entrar descalço. François escutava lá "a música das môscas".

E mamãe contava histórias. Essas histórias transformavam-se em quadros vivos. Um terrível Barba Azul dizia a sua mulher: "Madame, é neste cofre que guardo meus crepúsculos extintos."

Teria sido lá que o Pequeno Príncipe os encontrou?

[1] *Terre des Hommes.*

As crianças tinham um quarto no segundo andar. As janelas tinham grades para evitar as excursões nos telhados.

Êsse quarto era aquecido por um fogareiro de faiança.

Antoine escreverá:

"A coisa melhor, mais pacífica, mais amiga que já conheci é o pequeno fogareiro do quarto de cima, em Saint-Maurice. Jamais alguma coisa me deu tanta segurança na vida. Quando eu acordava à noite, êle roncava como um pião e projetava sombras boas na parede. Não sei por que eu pensava num cão fiel. Êsse pequeno fogareiro nos protegia de tudo. Às vêzes você subia, abria a porta e nos encontrava cercados de um bom calor. Você o escutava roncar a tôda velocidade e descia de nôvo... Mamãe, você se debruçava sôbre nós, sôbre êsses anjos que partiam, e para que a viagem fôsse tranqüila, para que nada agitasse nossos sonhos, você desmanchava uma dobra do lençol, uma sombra, uma onda, pois a gente tranqüiliza um leito como, com um dedo divino, o mar."

Muito cedo, chega o tempo em que as mães não desmancham mais as dobras e não tranqüilizam mais as ondas.

Os anos de colégio e de liceu trazem ainda o encantamento das férias.

O serviço militar exila ainda mais Antoine.

Entre êsse serviço militar e sua entrada para a Aeropostal, êle é sucessivamente prisioneiro de um escritório e representante dos caminhões da fábrica Saurer, onde faz primeiramente um estágio como operário.

LUTA COM AS DIFICULDADES MATERIAIS
(Paris, 1924-1925)

Escreve êle a sua mãe:

"Vou vivendo tristemente em um sombrio hotelzinho; não é nada divertido... O quarto é tão triste que não tenho coragem de separar meus colarinhos e meus sapatos."

E mais tarde:

"Estou um pouco cansado, mas trabalho como um escravo. Minhas idéias sôbre o caminhão em geral, que eram vagas, estão adquirindo precisão e clareza. Acho que estarei daqui a pouco apto a desmontar um sòzinho."

Mas o que sobretudo adquire precisão e clareza em Antoine é o gôsto pelo trabalho, a consciência do trabalho; tornar-se-á exigente consigo mesmo:

"Tôda noite faço o balanço de meu dia; se foi estéril como educação pessoal, sou mau para os que me fizeram perdê-lo. A vida cotidiana tem tão pouca importância e se parece tanto! A vida interior é difícil de dizer, é uma espécie de pudor. É tão pretensioso falar dela! Mas você não pode imaginar até que ponto só ela tem valor para mim, isto modifica todos os valores, mesmo o modo de julgar os outros. Sou duro comigo mesmo e tenho bem o direito de renegar nos outros o que renego ou corrijo em mim."[1]

LUTA COM A AREIA

(Toulouse-Dakar, 1926)

E eis a Linha que fará de Antoine um chefe e um escritor.

Em outubro de 1926, entra êle para a Companhia Latécoère. Faz a linha Toulouse-Dakar; após sua primeira escala, escreve de Toulouse: "Minha mãezinha, esteja certa de que eu levo uma vida maravilhosa."

E em *Terre des Hommes*:

"Não se trata apenas de aviação. O avião não é um fim, é um meio. Não é pelo avião que se arrisca a vida, também não é pelo arado que o lavrador trabalha. Por meio do avião, abandonamos as cidades e seus escritórios, e reencontramos uma verdade campestre; fazemos um trabalho de homem e conhecemos preocupações de homens. Estamos em contato com o vento, com as estrêlas, com a noite, com a areia do mar, enganamos as fôrças da natureza, esperamos a escala como uma terra prometida, e procuramos a verdade nas estrêlas.

Sou feliz em meu trabalho, sinto-me o camponês das estrêlas. Também já respirei o vento do mar. Os que experimentaram êsse alimento uma vez, não podem esquecê-lo.

Não se trata de viver perigosamente, essa fórmula é pretensiosa, não é o perigo que eu amo, é a vida.

Tenho necessidade de viver; nas cidades, não há mais vida humana."

LUTA CONTRA A SOLIDÃO

(Cap-Juby, 1927-1928)

Em 1927, Antoine é nomeado chefe de escala em Cap-Juby.

"Minha mãezinha, que vida de monge a minha, no canto mais perdido da África inteira, em pleno Saara Espanhol. Um forte na praia, nossa barraca encostada nêle e nada mais durante centenas e centenas de quilômetros...

[1] Carta dirigida a Madame de Saint-Exupéry e extraviada.

O mar, na hora das marés, nos banha completamente, e se, à noite, chego a minha lucarna gradeada (estamos em terreno dissidente), vejo o mar a meus pés, tão próximo como se eu estivesse em uma barca. E êle bate a noite inteira contra a parede. A outra fachada dá para o deserto.

É um despojamento total. Um leito feito de uma prancha e uma enxerga. Uma bacia. Uma bilha de água. Esqueço os bibelôs: a máquina de escrever e os papéis da escala. Um quarto de monastério.

Os aviões passam de oito em oito dias. Entre um e outro, são três dias de silêncio. E quando meus aviões partem, são como meus filhos. E fico inquieto até que o rádio me anuncia a passagem dêles pela escala seguinte — a 1.000 quilômetros daqui. E estou sempre pronto a partir à procura dos desviados".

"LINHA" BUENOS AIRES
(1929-1931)

E eis que a grande aventura começa. Ela leva Antoine por cima dos Andes, até a Patagônia. É nomeado diretor da "Aeroposta Argentina". Escreve êle:

"Acho que você está contente, eu estou um pouco triste.

Gostava bem de minha antiga vida.

Parece-me que isto me faz envelhecer.

Entretanto, ainda pilotarei, mas para inspeção e reconhecimento de linhas novas..."

De sua experiência de pilôto na África e na América do Sul, nascem: *Courrier Sud, Vol de Nuit, Terre des Hommes.*

Antoine casa-se. Encontrou em Buenos Aires Consuelo Suncin, viúva do escritor argentino Gomez Carillo. Criatura exótica e encantadora, sua exagerada fantasia e sua recusa em admitir qualquer comunhão, mesmo a que exige um trabalho intelectual, tornarão a vida comum difícil. Entretanto, Antoine amou-a e sua solicitude cercou-a até o fim. *Le Petit Prince* e as cartas da África são um comovente testemunho disso.

O que torna também a vida difícil é a dissolução da Aeropostal em março de 1951.

LUTA COM A INJUSTIÇA
(Marignane, 1932)

Por ter apoiado seus amigos da Companhia Aeropostal, Antoine é tratado sem nenhuma consideração pela "Air France", que tomou conta do negócio em liquidação.

De nôvo, sem emprêgo, sobrecarregado de dificuldades, é obrigado a voltar a trabalhar como simples pilôto.

Êle, que os mouros haviam apelidado de "Senhor das Areias"; êle, que tinha ligado ao mundo civilizado lugares quase ignorados, ei-lo fazendo à linha de hidroaviões Marselha-Argel, cuja base é Marignane.

A luta contra os elementos é dura, êle escapa por pouco das tempestades, mas essa luta o eleva.

A verdadeira provação é a incompreensão de alguns companheiros: êle elevou-lhes, com seus livros, um monumento indestrutível, e é em nome dêsses livros que êles o tratam como um amador, até mesmo como um suspeito.

Sua carta a Guillaumet é a expressão de sua amargura:

"Gillaumet, parece-me que você vai chegar, e senti-me um pouco emocionado. Se você soubesse que vida terrível tenho levado desde sua partida, e que imenso desgôsto pela vida tenho aprendido pouco a pouco a sentir! Porque escrevi êsse desgraçado livro, estou condenado à miséria e à inimizade de meus companheiros.

Mermoz lhe dirá a reputação que de mim fizeram os que não me viram mais e que eu amava tanto. Dirão a você como sou pretensioso. E não há ninguém, de Toulouse a Dakar, que duvide disto. Uma de minhas maiores preocupações foram as dívidas, mas nem sempre pude pagar sequer o gás e vivo com minhas velhas roupas de três anos atrás.

Entretanto, talvez você chegue no momento em que o vento muda. E vou talvez livrar-me de meu remorso. Minhas repetidas desilusões, essa injustiça da lenda, impediram-me de lhe escrever. Talvez você também acredite que mudei. E não podia decidir-me a justificar-me diante do único homem que considero como um irmão...

Até Etienne, que, entreanto, não vi mais desde a América do Sul, apesar de não me ter também mais visto, contou aqui, a amigos meus, que me tornara convencido.

Então, a vida inteira está estragada se os melhores companheiros fizeram esta idéia de mim, e se se tornou um escândalo que eu pilote nas linhas, depois do crime que cometi escrevendo *Vol de Nuit*. Você sabe, eu que não gostava de histórias.

Não vá para o hotel. Instale-se em meu apartamento, é seu. Eu vou trabalhar no campo, dentro de 4 ou 5 dias. Você estará como em sua casa e terá o telefone, o que é muito cômodo. Mas talvez você recusará. E talvez será preciso que eu confesse a mim mesmo que perdi até a melhor de minhas amizades.

Saint-Exupéry."

LUTA COM A SÊDE

(Deserto da Líbia, 1935-1936)

Durante um reide Paris-Saigon, Antoine vê-se frente a frente com a morte, seu avião cai no deserto da Líbia. Durante longos dias não se tem nenhuma notícia dêle. De manhã, êle recolhe o orvalho sôbre as asas oleosas de seu avião, para enganar a sêde. Agoniza. E, entretanto, ainda escreve:

"Meditação na noite. Você acha que é por mim que choro? Cada vez que revejo os olhos que esperam, sinto um sobressalto. Assalta-me de repente o desejo de levantar-me, de correr, sempre em frente. Lá ao longe pedem socorro, naufragam... Ah! aceito bem o sono, por uma noite ou por séculos; se durmo, não sei a diferença e depois, que paz! Mas êsses gritos que vão elevar lá longe, êsses grandes fogos de desespêro, não posso suportar-lhes a imagem.

Não posso cruzar os braços diante dêsses naufrágios, cada minuto de silêncio assassina um pouco os que amo.

Adeus, vocês que eu amava; fora o sofrimento, nada lamento, no final, tive a melhor parte; se voltasse, recomeçaria, tenho necessidade de viver. Nas cidades, não há mais vida humana."

Depois de ter andado durante três dias no deserto, Antonine é recolhido por árabes, quando se acreditava que tinha caído no mar, no Gôlfo Pérsico. Uma noite, pálido, magro, rasgado, orgulhoso de ter lutado contra a morte, êle aparece na porta do Grande Hotel do Cairo e é acolhido de braços abertos por seus companheiros inglêses da R.A.F. Voltando à civilização, escreve a sua mãe:

"Chorei lendo seu bilhete tão cheio de significado, porque chamei por você no deserto. Estava tomado de cólera contra a partida de todos os homens e, contra êste silêncio, chamava por minha mamãe.

É terrível deixar atrás de si alguém que tem necessidade da gente, como Consuelo. Sentimos a imensa necessidade de voltar para proteger e abrigar, e arrancamos as unhas contra esta areia, que nos impede de cumprir o dever, e nos sentimos capazes de remover montanhas. Mas era de você que tinha necessidade; você é que precisava proteger-me e abrigar-me, e eu a chamava com o egoísmo de um cabritinho.

Foi um pouco para Consuelo que voltei, mas foi por você, mamãe, que voltei. Você, tão fraca, sabia até que ponto é anjo da guarda, e forte, e sábia, e tão cheia de bênçãos que a gente ora a você, sòzinho, na noite?"

LUTA COM OS HOMENS

(Guerra, 1939)

Foi declarada a guerra. Apesar de todos os argumentos dos que queriam protegê-lo, Antoine escreve a um amigo influente:

"Querem fazer de mim, aqui, um monitor, não apenas de navegação mas de pilotagem de grandes bombardeiros. E eu sufoco, sinto-me infeliz e só posso calar. Salve-me. Faça-me partir em uma esquadrilha de caça. Você bem sabe que não gosto da guerra, mas é-me impossível ficar para trás e não tomar parte nos perigos...

É um grande requinte intelectual pretender que se deve proteger os que "têm algum valor". É participando que se desempenha um papel eficaz. "Os que têm algum valor", se são o sal da terra, devem misturar-se à terra. Não se pode dizer "nós" se a gente se separa. Ou então, se dizemos "nós", somos desonestos!

Tudo o que amo está ameaçado. Na Provença, quando a floresta se incendeia, todos os que não são desonestos tomam uma pá e uma enxada. Quero tomar parte na guerra por amor e por religião interior. Não posso deixar de participar. Faça-me partir o mais depressa possível numa esquadrilha de caça."[1]

Êle se liga à esquadrilha 2-33; 17 equipagens, entre 22, são sacrificadas à estranha guerra.

Da fazenda de Orconte, escreve êle à mãe:

"Escrevo-lhe sôbre os joelhos, enquanto espero um bombardeio anunciado e que não vem, mas é por você que tremo: esta ameaça italiana me faz mal, porque põe você em perigo; tenho infinita necessidade de sua ternura, minha mãezinha. Por que é preciso que tudo que amo nesta terra esteja ameaçado?

O que me assusta mais que a guerra é o mundo de amanhã. Tôdas estas aldeias destruídas, estas famílias dispersas, a morte, tudo me é indiferente, mas eu queria que a comunidade espiritual não se abalasse.

Não lhe digo grande coisa de minha vida, não há grande coisa a dizer: missão perigosa, refeição, sono; estou terrìvelmente insatisfeito, o coração precisa de outros exercícios. O perigo aceito e tolerado não é suficiente para acalmar em mim uma espécie de consciência pesada.

A alma é que está hoje tão deserta, morre-se de sêde."

1 *Pilote de guerre.*

LUTA COM OS MOMENS

(continuação)

(Nova York, 1941)

Depois do armistício Antoine, desolado, infeliz, parte para a América. Escreve êle:[1]

"Desde que sou parte dêles, não renegarei jamais os meus, façam o que façam. Nunca falarei contra êles diante de outros. Se fôr possível defendê-los, defendê-los-ei. Se me cobrirem de vergonha, guardarei essa vergonha em meu coração e me calarei. Seja qual fôr meu pensamento, não servirei jamais de testemunha contra êles...

Assim, não deixarei de solidarizar com uma derrota que freqüentemente me humilhará. Sou da França. A França formava os Renoir, os Pascal, os Pasteur, os Guillaumet, os Hochedés. Formava também incapazes, políticos e trapaceiros. Mas parece-me muito fácil reivindicar a posse de uns e negar qualquer parentesco com os outros.

Se aceito ser humilhado por minha casa, posso agir sôbre minha casa. Ela é minha, como sou dela.

Mas, se recuso a humilhação, a casa se arruinará como quiser, e eu seguirei sòzinho, cheio de glória, mais vão, porém, que um morto."

Seu livro, *Pilote de guerre*, reabilitará a França aos olhos dos americanos. Seus artigos os encorajarão a participar da guerra. Escreve êle:[2]

"Os responsáveis pela derrota são vocês. Nós éramos quarenta milhões de agricultores contra oitenta milhões de industriais. Um homem contra dois, uma máquina contra cinco. Mesmo um Daladier, se tivesse reduzido o povo francês à escravatura, não poderia tirar de cada homem cem horas de trabalho cotidiano. Só há vinte e quatro horas num dia. Qualquer que fôsse o govêrno da França, a corrida ao armamento realizou-se com um homem contra dois, um canhão contra cinco. Aceitávamos ser um contra dois, queríamos bem morrer. Mas, para que nossa morte fôsse eficaz, era necessário que recebêssemos de vocês quatro canhões, os quatro aviões que nos faltavam. Vocês pretendiam ser salvos por nós da ameaça nazista, mas construíram exclusivamente Packards e geladeiras para seus fins-de-semana. Esta é a única causa de nossa derrota. Mas esta derrota terá salvo, apesar disso, o mundo. Nossa opressão aceita terá sido o ponto de partida da resistência ao nazimo. A árvore da resistência nascerá um dia de nosso sacrifício, como de uma semente!"

[1] Carta ao general Z... dezembro de 1943.

[2] Em *Pilote de guerre*.

LUTA COM O DESÂNIMO

(Argel, 1943)

Desembarcando na África com os americanos, Antoine lança um apêlo, que é irradiado:

"Franceses, reconciliemo-nos para servir, não disputemos por questões de poderio ou de prioridade, há fuzis para todo mundo. Nosso verdadeiro chefe é a França, hoje condenada ao silênsio. Odiemos os partidos, os grupos, as divisões de qualquer espécie."

Cansado das polêmicas, êle procura ansiosamente ligar-se de nôvo ao grupo 2/33. Mas as formalidades são demoradas, êle sente-se triste e solitário, como mostra esta oração.

"Senhor, dai-me a paz dos estábulos, a paz das coisas organizadas, das colheitas realizadas.

Permiti que eu seja, tendo terminado de tornar-me, estou cansado dos lutos de meu coração, estou velho demais para recomeçar, perdi um após outro meus amigos e meus inimigos, e em meu caminho fêz-se uma luz de ócios tristes.

Meu Deus, afastei-me de vós, mas voltei, vi os homens ao redor do velocino de ouro, não interessantes, mas estúpidos, e as crianças que nascem hoje são mais estrangeiras que os jovens bárbaros. Sinto-me carregado de tesouros inúteis como de uma música que não será jamais compreendida. Comecei minha obra com o machado de lenhador na floresta, e estava embriagado com o cântico das árvores, mas, agora que vi de muito perto os homens, estou cansado.

Aparecei perante mim, Senhor, pois tudo é duro quando se perde o gôsto de Deus.

Em que se reencontrar, lar, costumes, crenças, eis o que é tão difícil hoje e o que torna tudo tão amargo.

Procuro trabalhar, mas o coração é difícil; esta África atroz apodrece o coração, é um túmulo; seria tão simples voar em missão de guerra no Lightning."[1]

LUTA SUPREMA

(Borgo, 1944)

Mas, em 4 de junho de 1943, Antoine desembarca no terreno de Alghero, na Sardenha, com um sorriso de vitória.

Conquistou sua paz, uma certa paz de espírito, embora sua lucidez sôbre os problemas do momento não lhe deixasse grandes esperanças no futuro.

[1] *Citadelle.*

Escreve êle:

"É-me completamente indiferente ser morto na guerra. De tudo que amei, o que ficou? Tanto quanto dos sêres, falo dos costumes, das entonações insubstituíveis, de uma certa luz espiritual, do almôço na fazenda provençal, sob as oliveiras, e também de Haendel."[1]

Os pilotos da esquadrilha acumulam-se três em cada quarto, tal é o quadro da vida de Antoine. Seus companheiros jamais conheceram seus pensamentos melancólicos, êle quer que cada um goze sua paz.

Mas escreve a um amigo:

"Faço a guerra o mais profundamente possível, sou o decano dos pilotos do mundo, pago bem, não me sinto avaro.

Aqui, estamos longe do banho de ódio, mas apesar da gentileza de minha esquadrilha, tudo é ainda um pouco miséria.

Não tenho ninguém com quem falar, já é alguma coisa ter com quem viver, mas que solidão espiritual!"[2]

Em 31 de junho de 1944, êle aparece na cantina, equipado para o vôo.

"Por que não queriam vocês acordar-me? Era minha vez."

Bebe o café quente e sai. Escuta-se o ruído da decolagem.

Antoine partiu para um reconhecimento no Mediterrâneo e sôbre o Vercors. O radar o segue até as costas da França, depois é o silêncio. Instala-se o silêncio e é a espera.

O radar procura apanhar uma nota que seria um sinal de vida. Se o avião e os fogos de bordo subirem para as estrêlas, talvez se escutará cantarem as estrêlas.

Os segundos escoam-se, escoam-se como sangue, durará ainda o vôo?

Cada segundo traz uma esperança, e eis que o tempo passa, e destrói, como, em vinte séculos, ataca um templo, abre caminho no granito e reduz êsse templo a poeira, eis que séculos de desgaste se acumulam em cada segundo e ameaçam o avião.

Cada segundo traz alguma coisa, a voz de Antoine, o riso de Antoine, o sorriso... o silêncio ganha terreno, um silêncio cada vez mais pesado, que se estabelece como o pêso de um mar.

Antoine foi uma criança maravilhada e feliz.

As dificuldades da vida fizeram dêle um homem consciente, a Linha um herói e um escritor.

O exílio fêz talvez dêle um santo.

[1] Trechos das cartas enviadas a seu amigo Pierre Dalloz.

[2] *Ibid.*

Mais, porém, que o herói, mais que o escritor, mais que o feiticeiro, mais que o santo, o que faz com que Antoine esteja tão próximo de nós é sua infinita ternura.

"Sôbre o caminho, a estrêla é inútil, é preciso dar, dar, dar."

Quando criança, êle se desvia para não esmagar uma lagarta.

Sobe nos pinheiros para atrair rôlas.

No deserto, atrai as gazelas.

Atrai os mouros.

E agora ainda, depois de anos de silêncio, êle continua a atrair os homens.

"O que é atrair?", pergunta o Pequeno Príncipe. E a rapôsa responde: "É criar relações."

Na última carta que temos de Antoine, há êste trecho:

"Se eu voltar, minha preocupação será:

Que é preciso dizer aos homens?"

Foram essas palavras que me decidiram a partilhar com os outros sua mensagem.

1.

Le Mans, 11 de junho de 1910

Minha querida mamãe,

Fiz uma caneta para mim. Estou escrevendo com ela. Vai indo muito bem. Amanhã é dia de meu aniversário. Tio Emmanuel[1] disse que me daria um relógio de presente. Será então que você poderia escrever-lhe dizendo que é amanhã o dia de meu aniversário? Quinta-feira vai haver uma peregrinação a Notre Dame du Chène; vou com o colégio.[2] O tempo está muito ruim. Chove o dia inteiro. Coloquei juntos todos os presentes que me deram, de um modo muito bonito.

Adeus.

Querida mamãe, gostaria muito de ver você outra vez.

Antoine.

Amanhã é dia de meu aniversário.

2.

Le Mans, 1910

Minha querida mamãe,

Gostaria muito de ver você outra vez.
Tia Anaïs[3] está aqui por um mês.
Hoje, fui com Pierrot à casa de um colega de Ste. Croix, comemos lá e nos divertimos muito. Comunguei hoje de manhã no colégio. Vou lhe contar o que fizemos na peregrinação: devíamos

[1] Emmanuel de Fonscolombe, irmão de Madame de Saint-Exupéry, proprietário do castelo La Môle.
[2] Antoine, com dez anos de idade, está semi-interno no Colégio Sainte-Croix, em Mans. Sua mãe está, nesta época, em Saint-Maurice-de-Rémens.
[3] Anaïs de Saint-Exupéry, tia paterna de Antoine.

estar no colégio aos quinze para as oito. Fizemos fila para ir à estação. Fomos de trem até Sablé. Em Sablé, passamos para ônibus. Até Notre Dame du Chène havia mais de 52 pessoas em cada um. Eram só estudantes, por cima e dentro dos ônibus, que eram muito grandes e puxados cada um por dois cavalos. Divertimo-nos muito durante a viagem. Eram 5 ônibus, dois para os meninos do côro e três para os estudantes. Quando chegamos a Notre Dame du Chène, ouvimos missa e almoçamos depois. Como eu não queria ir de ônibus, pedi permissão para ir a pé com os alunos da 1.ª e 2.ª divisões. Éramos mais de 200 em fila, tomávamos uma rua inteira. Depois do almôço, fomos visitar o santo sepulcro e fomos à Loja dos Padres comprar algumas coisas.

Chegando a Solesmes, continuamos o passeio e passamos junto da abadia; era imensa mas não pudemos visitá-la porque não tínhamos tempo. Junto da abadia encontramos mármores em grande quantidade. Havia pedaços grandes e pequenos. Apanhei seis e dei três; havia um que tinha de 1,50m a 2m de comprimento, e então me disseram para metê-lo no bôlso. Mas eu não podia nem movê-lo e era muito grande. Depois, fomos comer num gramado, em Solesmes.

Escrevi-lhe já 8 páginas.

Depois, fomos às vésperas e fizemos fila para voltar à estação. Chegando na estação, tomamos o trem para Mans e chegamos à casa às 8 horas. Tirei o 5.º lugar na composição de Catecismo.

Adeus, querida mamãe. Beijo-a de todo coração.

Antoine.

3.

Vila Saint-Jean, Friburgo, 21 de fevereiro de 1916

Querida mamãe.

François acaba de receber a carta em que você diz que só virá no princípio de março![1] E nós estávamos tão contentes com sua chegada sábado!

Por que você não vem já? Isto nos daria tanto prazer!

Você receberá nossa carta quinta-feira, talvez sexta: poderia telegrafar-nos imediatamente dizendo que vem, tomaria o expres-

[1] Antoine e seu irmão estão, nesta época, internos no colégio Saint-Jean, dirigido pelos Maristas, em Friburgo. Aí ficará êle três anos, de 1914 a 1917. Madame de Saint-Exupéry, enfermeira-chefe na enfermaria da estação de Ambérieu, vai ver seus filhos uma vez por semana.

so sábado de manhã e chegaria à noite a Friburgo; ficaríamos tão contentes!

Será uma grande decepção para nós se você só vier no princípio de março! Por que prefere vir mais tarde?

Esperamos tanto a sua vinda! Mesmo que você não venha, o que nos deixará muito tristes, telegrafe-nos logo que receber nossa carta, para que tenhamos sua resposta pelo menos sexta-feira à noite, de modo que possamos fazer planos para domingo. Mas certamente que você virá.

Adeus, querida mamãe, beijo-a com todo meu amor e espero-a impacientemente.

Respeitosamente, seu filho,

Antoine.

4.

Vila Saint-Jean, Friburgo, 6.ª feira, 18 de maio de 1917

Minha querida mamãe,

Está um tempo maravilhoso. Ontem, entretanto, choveu como raramente tenho visto chover. Estive com Madame de Bonnevie,[1] que contou o que François tem, coitado![2], e me disse que tudo está em ordem para o bacharelado, o que me tranqüilizou. Mas era inútil que você escrevesse para Paris, a fim de saber se meus papéis seriam enviados; eu os tinha arrumado bem, era apenas necessário prevenir Lyon de sua chegada, e tinha-me esquecido disso. Enfim, tudo está bem quando termina bem...

Ontem, fomos passear com Charlot. Éramos três e êle (portanto, 3 + 1 = 4).

Faremos nosso retiro do fim de ano um pouco além de Lucerne, durante a semana de Pentecostes.

Adeus, querida mamãe, beijo-a com todo o meu amor.

Respeitosamente, seu filho,

Antoine.

[1] Mãe de Louis de Bonnevie, amigo íntimo de Antoine e seu colega em Friburgo.

[2] François de Saint-Exupéry, atacado de reumatismo articular, morreria três meses mais tarde, em Saint-Maurice-de-Rémens.

5.

Paris, Liceu Saint-Louis, 1918[1]

Minha querida mamãe,

Eis-me em Saint-Louis, onde cheguei com cinco horas de atraso. Estou meio melancólico, mas isso passará, espero. Sairei domingo, para a casa de Madame Jordan, e jantarei na casa dos Sinetty. Irei sem dúvida fazer uma visita à tia Rosa, mas não sei o endereço dela. Você poderia mandá-lo para mim?

Você tem muita sorte de estar no Sul, mas era-me impossível ir para aí. Com quanto tempo de atraso chegou?

Está um tempo sombrio e detestável, um frio de rachar, etc., tenho frieiras nos pés... e no espírito também, pois estou entorpecido com relação à Matemática, o que quer dizer que estou farto dela; é bem divertido embaraçar-se em discussões de parabolóides hiperbólicas e vagar nos infinitos, e quebrar a cabeça durante horas em cima de números chamados imaginários, porque não existem (os números reais são apenas casos particulares dos imaginários) e integrar diferenciais de segunda ordem e de... e de... ARRE!

Esta enérgica exclamação me alivia um pouco e me dá um pouco de lucidez. Conversei com QQ', isto é, Pagès. Entreguei-lhe o bôlo: você lhe deve 405 francos, mas êle acrescentará isso à nota do próximo semestre. Disse-me que eu podia ter esperanças, o que me consola da Matemática.

Não se aborreça se estou um pouco melancólico; isto passará! Que felicidade você estar num belo lugar! Com a boa Biche,[2] a consolação de sua velhice.

Os livrinhos "gênero Madame Jordan"[3] introduziram-se aqui e são lidos com assombro. Creio que farão um grande bem. Vou pedir-lhe outros amanhã. Há também algo bastante bom como moralização, é uma peça de teatro (de Brieux, acho), *Les Avariés.*

Deixo-a, mamãe querida, nada mais tenho a dizer; beijo-a com todo amor e suplico-lhe que me escreva todos os dias, como antes!

Respeitosamente, o filho que a ama,

Antoine.

[1] Depois de ter obtido dois bacharelados em Friburgo, Antoine prepara-se para a Escola Naval no liceu Saint-Louis, em Paris.

[2] Nome dado por êle a sua irmã Gabrielle.

[3] Madame Jordan é uma amiga de Madame de Saint-Exupéry. Antoine a visita tôda semana, e ela o faz ler brochuras de caráter moral, para prevenir o jovem contra todos os perigos que lhe podem advir.

6.

Paris, Liceu Saint-Louis, 1918

Mamãe querida,

Estréio meu papel com você...

Se você vier, traga-me você mesma, para que eu o tenha mais depressa, o meu ATLAS; preciso muito dêle. Ficarei muitíssimo grato.

Mil vêzes obrigado por tudo o que você faz por mim, não pense que, por causa de meus momentos de mau humor, sou um ingrato; você sabe quanto a amo, mamãe querida.

Luto com a Matemática... ainda. Vou estudar um pouco de alemão.

Até amanhã.

Beijo-a,

Respeitosamente, seu filho,

Antoine.

7.

Paris, Liceu Saint-Louis, 1918

Mamãe querida,

Pronto, almocei com a Duquesa de Vendôme... irmã do rei dos Belgas! Estou louco de alegria: êles são encantadores. Monseigneur parece excessivamente inteligente e é muito engraçado. Não cometi nenhuma gafe e não me atrapalhei nem uma vez.

Tia Anaïs[1] ficou muito contente: se ela lhe escrever alguma coisa, mande-me sua carta.

O que me dá mais prazer é que ela (a Duquesa de Vendôme) me disse que me convidaria para ir um domingo à Comédie Française com ela. Que Honra!

Tia Anaïs me obrigou a fazer P + Q visitas (tantas quantos são os têrmos na "série harmônica", o que não é pouco!...). Almocei òtimamente, lanchei não menos bem... não é de se desprezar.

Para encerrar o dia, fui visitar os S. Só vi Monsieur e Madame, os outros não estavam lá. Convidaram-me para almoçar domingo; seremos oito. Almoçarei com êles e à noite embarcarei para La Môle no rápido...[2]

[1] Anaïs de Saint-Exupéry, tia de Antoine, é dama de honra da Duquesa de Vendôme.

[2] O castelo de La Môle (Var), no maciço dos Maures, é propriedade de família do avô materno de Antoine, Charles de Fonscolombe.

Mas envie-me o mais depressa possível um cheque por telegrama, em meu nome, para que eu possa reservar minha passagem e meu lugar; tenho tão pouco tempo para fazê-lo!

Em Ambérieu choverá, em La Môle teremos o sol e Didi! E depois, treze dias, vale a pena.

Não sei se lhe disse que visitei tio Dubern[1] no domingo passado. À tarde, os Jordan me levaram ao teatro, para ver *Petit Reine*, peça que movimenta Paris inteira. É surpreendente.

Deixo-a, beijando-a com todo amor, porque a amo, mamãe querida.

Respeitosamente, seu filho,

Antoine.

8.

Paris, Liceu Saint-Louis, 1918

Minha querida mamãe,

Mal tenho tempo para lhe enviar uma linha. Escreva-me todos os dias, isso me dará tanto prazer! Mande-me por Monot meu álbum com tôdas as fotografias. Esqueci-o no quarto de Monot (meu álbum, não meu classificador).

Finalmente nos decidimos a jogar durante os recreios e acabamos de liquidar inteiramente os "taupins"[2] (Politécnica) por 9 a 0. Excepcionalmente, condescendemos em nos medir com êles, para lhes mostrar nosso valor. Quanto a admitir em um dos campos "pistons" (Central), niguém, nem nós, nem os "taupins", o admitiu (eram necessários alguns sujeitos para tapar buracos em um dos campos, menos numerosos) e rejeitou-se essa idéia com horror, pois os "pistons" são odiados pelos "flottards" (naturalmente) e pelos "taupins", como também êstes o são pelos "pistons" e pelos "flottards", e os "flottards" pelos "taupins" e "pistons", etc., etc...

Vá lá que jogasse com os "taupins", mas nunca ter um inimigo no próprio campo.

Os mais apáticos são os "Cyrards", dos quais nunca se ouve falar. Os mais unidos somos nós, depois os "taupins" e por fim os "pistons".

Revi aqui um sujeito de Saint-Jean, Berg, que veio visitar-me hoje; encontro engraçado.

[1] Primo-irmão de Madame de Saint-Exupéry.

[2] "Taupins", "pistons", "flottards", "cyrards" são têrmos da gíria estudantil francesa e designam respectivamente os candidatos às escolas Politécnica, Central, Naval e Saint-Cyr. (N. do T.)

Vou indo muito bem. Comunguei domingo.

Monsieur Pagès nos fêz um pequeno "spitch" (sic), dizendo--nos: "Os que julgam não ter o estômago bastante forte para absorver a fatiazinha de Matemática que Monsieur Corot e eu lhes vamos servir farão muito bem em se retirarem agora. Se gostam de Matemática, tudo irá bem. Eu lhes garanto!" Trabalhamos em regime intensivo: continuo adiantando-me e sinto-me orgulhoso com isso. Tudo irá bem, não se preocupe.

Beijo-a carinhosamente,

Seu filho que a ama,

Antoine.

Os "pistons" é que são nossos inimigos mortais. Aliás, nós os desprezamos, pois "engenheiro" é uma carreira desprezível e "antiflotárica" (para Monot).

P.S. Mande fazer para mim balas de chocolate, envie-me coisas dêste gênero em quantidade, farão bem ao meu estômago.

(Não gosto das tortas de mãe Bossue, é inútil que esta ilustre pessoa se incomode: gosto da verdadeira pastelaria, do massapão, de balas de chocolate (sem amêndoas!) e dos bombons.

Você o sabe bem.

Antoine propõe e a família dispõe.

Disponha depressa e me reabasteça de bombons.)

9.

Paris, Liceu Saint-Louis, 1918

Mamãe que amo,

Continuo encantado. Continuo trabalhando como um escravo. Esta manhã, composição. Escreva-me todos os dias, isto me dá tanto prazer e aproxima-nos tanto!

Estive com o capelão. Êle conheceu papai em Sainte-Croix,[1] eram da mesma classe. O tempo está ótimo, aliás, agora está mais quente. Não me falta nada, a não ser selos, envie-me dois talões dêles, por favor.

Deixo-a, mamãe que amo. E beijo-a muito.

Respeitosamente, seu filho,

Antoine.

[1] Colégio em Mans, onde estudou Jean de Saint-Exupéry, pai de Antoine, e onde estêve o próprio Antoine até 1914.

10.

Paris, Liceu Saint-Louis, 1918

Mamãe querida.

Acaba de haver em nossa classe uma crise ministerial: o ministério pediu demissão. O govêrno se compõe:

A) do zed (presidente) chamado Z;

B) do V-Z (vice-presidente);

C) do P. D. M. (prefeito de maneiras);

D) do K. S., ou tesoureiro.

O presidente (do ministério chamado "bural") pediu à classe um voto de confiança, a fim de consolidar sua autoridade, abalada após uma crise anterior; acontece, porém, que êsse voto de confiança foi, ao contrário, um voto de desconfiança, e o govêrno pediu demissão. Em uma reunião solene, realizada em uma sala vaga, e que durou uma hora e meia, tendo havido debates prolongados, e muito sérios, acabou-se por constituir o seguinte ministério:

Presidente ou Z — Dupuy,

VZ — Sourdelles,

P. D. M. — Saint-Exupéry.

Quanto ao K. S., foi impossível encontrar um, pois o escolhido pediu imediatamente demissão por motivos bastante complicados: intrigas e contra-intrigas (é exatamente como na Câmara); afinal, depois de um dia inteiro de conversações pelos corredores, onde reinava uma agitação extraordinária, acabamos por organizar o govêrno, excluindo o cargo de K. S. e transformando-o em um cargo perpétuo e independente dos ministérios. Conseguimos fazer com que aprovassem nosso projeto e, depois de algumas tentativas de obstrução, de votos de desconfiança que falharam, nosso govêrno está enfim sòlidamente estabelecido. Antes, eu era Brigadeiro dos gendarmes, mas êste não é um membro do govêrno, é um funcionário como muitos outros (o S. O., o "bizut Torche", o C. D. O., isto é, "chefe de orquestra", encarregado da organização das danças, etc...), e os funcionários são nomeados por nós, e destituíveis. Mas agora eu sou do "bural" e vamos impor à subfrota uma disciplina de ferro, pois a classe deve obediência absoluta ao govêrno. O que mais me diverte é que vou procurar tirar alguns dos arquivos da classe para lhe mostrar: vale a pena, são verdadeiramente inacessíveis ao comum dos mortais.

Nada de nôvo. Vou encontrar-me com você em Ambérieu, mas iremos logo em seguida para o Sul, não é? Tive uma sabatina de Física em que obtive 14; a coisa não vai muito mal.

Deixo-a, pois não tenho mais nem um minuto, e beijo-a com todo amor.

Respeitosamente, seu filho,

Antoine.

11.

Paris, 1918

Minha querida mamãe,

Obrigado por sua carta.

Acabo de passar um dia maravilhoso: almocei com tio Maurice,[1] depois fui ter com tia Anaïs, que acaba de chegar e com quem tinha combinado encontrar-me, e passamos a tarde juntos no bosque. Estou agora de volta a Saint-Louis, um pouco cansado, pois quase não tomei o "metro", preferindo andar a pé (andei bem uns 15 km).

Marie Thérèse[2] casa quinta-feira: espero poder lá ir nesse dia. Recebi duas cartas muito amáveis de Odette de Sinetty. Não sei quando êles chegam, mas ficarei satisfeito de revê-la.

Como vai você? Não se canse muito, mamãe querida; sabe, se eu passar em agôsto, serei oficial em fevereiro, ligado ou ao pôsto de Cherbourg, ou de Dunquerque, ou de Toulon; alugarei então uma casinha e moraremos lá os dois. Estaremos três dias em terra e quatro no mar; durante os três dias de terra, ficaremos juntos: será a primeira vez em que me verei só na vida, e minha mamãe me será bastante necessária para me proteger um pouco no começo! Seremos muito felizes, você verá. Isso durará quatro ou cinco meses, antes de eu partir verdadeiramente, e então você ficará contente por ter tido durante algum tempo seu filho ao seu lado.

Está uma neblina opaca, pior que em Lyon, nunca pensei que fôsse possível.

Poderia você enviar-me as seguintes coisas (as autorizações para comprar não valem aqui, como em Friburgo):

1.º um chapéu (ou melhor, envie *a Madame Jordan dinheiro para isto*). E ainda: 1.º dentifrício "Boto"; 2.º cordões de sapato (comprados em Lyon e não em Ambérieu, porque êstes arrebentam); 3.º selos, embora eu ainda tenha 12 (isto é menos urgente); 4.º boina de marinheiro.

[1] Maurice de Lestrange, primo-irmão de Mme. de Saint-Exupéry.
[2] Marie Thérèse Jordan, filha do General Jordan.

Mas, como saio nesta quinta-feira, pela única e exclusiva vez, será o dia de usar o chapéu e a boina (*preciso* de um chapéu para sair domingo com Yvonne). Escreva, pois, hoje, segunda-feira, a Madame Jordan, mandando dinheiro, de modo que êste chegue antes de quinta-feira, e eu possa comprar neste dia o chapéu, urgente, e a boina, urgente também para a preparação militar.

Nada mais tenho a lhe dizer. Amanhã nos devolverão a primeira composição de Francês. Escreve-lhe-ei dizendo minha colocação.

Adeus, mamãe querida, beijo-a com todo amor, escreva-me.

Seu filho que a ama,

Antoine.

12.

Paris, 1918

Minha querida mamãe,

Você me prometeu escrever todos os dias! Há muito tempo que não recebo nada...

Estamos na quinta-feira; daqui a três dias, domingo, estou convidado para almoçar na casa de Madame de Menthon; fui visitá-la há dias e, não encontrando ninguém (que sorte!), deixei meu cartão.

O tempo está triste, embaçado. Agora, as noites são lúgubres, Paris inteiro está pintado de azul... Os bondes têm luz azul, no liceu Saint-Louis as luzes dos corredores são azuis, em resumo, é um aspecto estranho... e acho que isso não incomoda muito os boches. Mas talvez, sim. Quando agora se olha Paris do alto de uma janela, dir-se-ia uma grande mancha de tinta, nenhum reflexo, nenhum halo, é uma maravilha como gradação de não luminosidade! Infração para tôdas as pessoas que tiverem uma janela iluminada sôbre a rua! São necessárias cortinas enormes!

Acabo de ler um pouco da Bíblia: que maravilha, que simplicitade, fôrça de estilo e, freqüentemente, que poesia! Os mandamentos, que ocupam bem 25 páginas, são obras-primas de legislação e bom-senso. Em tôda parte as leis da moral brilham em sua utilidade e beleza: é esplêndido.

Você já leu os Provérbios de Salomão? E o Cântico dos Cânticos, que beleza! Há de tudo neste livro, encontra-se até freqüentemente um pessimismo profundo e verdadeiro, diferente do de autores que adotam êsse gênero como elegante. Você já leu o Eclesiastes?

Deixo-a. Vou bem fìsicamente, moralmente e matemàticamente falando.

Beijo-a muito.

O filho que a ama,

Antoine.

13.

Bourg-la-Reine, Liceu Lakanal, 1918[1]

Minha querida mamãe,

Vou bem; recebi ontem uma carta sua.

Não estamos mal aqui, embora o Liceu Saint-Louis tenha enviado, acompanhando-nos, seus vigias mais intoleráveis.

Há também um parque, mas é proibido ir lá. Felizmente, os pátios são imensos, cheios de árvores, etc.

Monsieur Corot[2] é inconcebìvelmente surpreendente. Tenho esperanças. Você acha que passarei?

Madame Jordan vai receber-me sábado à noite e hospedar-me, o que me será muito agradável. (Minha letra está horrível: estou com pressa).

Não me sinto muito triste, embora mais que em Paris, por causa do isolamento em que nos achamos neste imenso liceu.

Acho que há possibilidade de obter um quarto. Em todo caso, na sua próxima carta, escreva o seguinte: "Peça um quarto, dou-lhe autorização para isto". Servir-me-ei desta carta, na ocasião propícia, pois é melhor tê-la de reserva, de modo que, no dia em que nos oferecerem os quartos, que são em número limitado, eu esteja certo de obter o meu, sendo um dos primeiros. Êste dia, aliás, está próximo.

O tempo está desagradável e nada quente. De resto, tenho tudo que é necessário em matéria de roupas. Preciso apenas de uma gravata, que comprarei domingo.

Como vai você? Espero que não esteja se cansando muito em seu ambulatório. Você tem retratos? Envie-mos e envie-me também, se o tem, o recibo. Fui ver Shaefer,[3] que me mostrou uma prova muito escura mas não ruim (farão outra mais clara); voltarei lá sábado.

[1] Os alunos mais velhos do Liceu Saint-Louis foram levados para Bourg-la-Reine, para o Liceu Lakanal. Uma das razões dessa transferência foi o hábito que tinham de subir aos tetos para olhar os bombardeiros.

[2] Professor de Matemática do curso preparatório para a Escola Naval.

[3] Fotógrafo que fêz uma série de retratos de François de Saint-Exupéry em seu leito de morte, segundo um clichê tirado por Antoine.

Tia Rosa[1] continua formidável, e o que há de mais formidável nela, exceção feita das qualidades morais, são as refeições; como em casa dela no domingo e juro-lhe que tenho no estômago manteiga para tôda a semana... deliciosa, fresca e macia!

N. B. Paris é, em suma, uma cidade menos perniciosa que os buracos do interior, sob o seguinte ponto de vista: noto que alguns de meus companheiros, que levavam uma vida terrìvelmente descontrolada em sua cidade do interior, mantêm-se (vagamente? transitòriamente?) moderados aqui, por causa dos perigos que uma vida descontrolada oferece, para a saúde, em Paris. No meu caso, tudo vai muito bem, no ponto de vista moral, e creio que serei sempre o seu mesmo Tonio que a ama tanto,

Antoine.

Quanto ao físico de seu filho, come bem, dorme bem e trabalha bem.

14.

Paris, 1918

Minha querida mamãe,

Espero que você vá bem, gostaria tanto de receber uma carta sua. Se você soubesse que falta me faz! Quando virá ver-me?

Amanhã, domingo, acho que terei saída. (Apenas quatro, entre vinte, terão saída.) Foram distribuídas esta semana 208 horas de suspensão!

O tempo está bom, de modo que, para esta noite, pode-se infalìvelmente prever: Gothas,[2] toque de despertar. Gostaria que você estivesse aqui para ouvir uma vez o fogo de barragem. A gente tem a impressão de estar no meio de uma verdadeira borrasca, de uma tempestade no mar, é magnífico. Apenas não se pode ir lá fora, pois caem por tôda parte estilhaços que estraçalhariam a gente. Encontramos alguns no parque.

Quanto a Monot,[3] aqui está:

Mande-a sexta-feira à noite. Ela chegará sábado de manhã, e, sábado à noite, sairei. Irei encontrar-me com ela em casa de Madame

[1] Rose de Lestrange, prima-irmã de Madame de Saint-Exupéry.

[2] Gothas — tipo de avião alemão de grande envergadura, empregado nos bombardeios noturnos durante a Grande Guerra. (N. do T.)

[2] Apelido de sua irmã Simone.

Jordan, jantaremos juntos e iremos os dois ao teatro, à noite; no dia seguinte de manhã, domingo, partiremos juntos para Le Mans.

Sábado à noite ela poderá ficar com tia Rosa, com certeza; falarei com ela. Mas responda-me o mais depressa possível para que eu reserve lugares no teatro (lugares não muito caros). Envie-me também a seguinte carta (tia Laure me pede muito para ir a Mans): "Peça a M. Corot o favor de lhe dar licença para ir a Mans, a fim de assistir ao casamento de sua prima; gostaria muito que você acompanhasse sua irmã nesta viagem."

Parece-me que todo mundo teme que os boches ocupem Paris, um dia dêstes; fala-se sôbre isto em todos os jornais. Se algum dia êles vierem, fugirei a pé (será inútil tentar tomar o trem), mas é bem pouco provável.

Nossa vida em Lakanal não é muito aborrecida. Temos agora...

(Carta cujo fim foi perdido)

15.

Estrasburgo, 1921[1]

Minha querida mamãe,

Recebi ontem sua carta, pela posta-restante. Escreva-me para o quartel até que eu esteja certo de sair todos dias; então, escreva para o endereço na cidade.

Estrasburgo é uma cidade deliciosa. Todos os aspectos de cidade grande, muito mais cidade grande que Lião. Encontrei um quarto assombroso. Tenho o banheiro e o telefone do apartamento à minha disposição. É na casa de um casal que mora na rua mais elegante de Estrasburgo, ótimas pessoas, que não sabem uma só palavra de francês. O quarto é luxuoso, tem aquecimento central, água quente, duas lâmpadas elétricas, dois armários, e há um elevador no imóvel; tudo isso por 120 francos por mês.

Estive com o comandante de Féligonde, que foi formidável. Êle se ocupará da possibilidade de eu pilotar. Será difícil, por causa de uma porção de circulares restritivas. Em todo caso, nada se resolverá antes de dois meses.

1 Após ter fracassado no concurso da Escola Naval, em 1919, e depois de se ter preparado para a Escola de Belas Artes (seção de Arquitetura, em 1929), Antoine é transferido, a pedido seu, em 2 de abril de 1921, para o Segundo Regimento de aviação em Estrasburgo, mas como "rampant" (isto é, a turma que não voa, tais como os mecânicos, etc. — (N. do T.). Tentará êle entrar para a turma de vôo.

Escrevo-lhe do quartel (da cantina). A manhã inteira vagamos de loja em loja, sob a tutela de um soldado bonachão e bochechudo, comprando marmitas e sapatos.

O Centro é muito ativo — Spads e Nieuports de caça se rivalizam em acrobacias.

Vi Kieffer; logo que passem os quinze ou oito dias de instalação, pedir-lhe-ei que me esclareça a respeito dos alunos arquitetos.

O Centro é um bocado longe de Estrasburgo. Uma motocicleta ser-me-á quase indispensável, se eu quiser ter tempo para trabalhar. Voltarei a lhe falar sôbre isto. Quando eu a tiver, visitarei um pouco a Alsácia.

Atravessei de trem Mulhouse, Altkirch, Colmar, vi de longe o Hartmannwillerkopf (o Velho Armand). Há, em seu cume, 64.000 homens enterrados.

Distração em Estrasburgo: excelente companhia de ópera, parece, disse-me o comandante de Féligonde.

Minha opinião sôbre o serviço militar é que, rigorosamente, não há nada a temer — pelo menos na aviação. Aprender a fazer continência, jogar futebol e depois enfastiar-se horas a fio, com as mãos no bôlso, um cigarro apagado nos lábios.

Companheiros não antipáticos. Além disso, tenho os bolsos cheios de livros que me distrairão, se ficar enfastiado. Que a pilotagem venha logo, e serei completamente feliz.

Não sei quando receberemos nossas roupas. Ainda não nos deram nada. Vagamos como civis, temos um ar idiota. Nada a fazer durante as próximas duas horas. Aliás, daqui a duas horas, nada também, a não ser passar para o lugar B o que está no lugar A e para o lugar A o que está no lugar B; depois, faremos o contrário, o que nos permitirá recomeçar nas condições iniciais.

Adeus, mamãe querida. Em suma, estou bastante contente. Beijo-a com amor.

Respeitosamente, seu filho,

Antoine.

16.

Estrasburgo, sábado, 1921

Minha querida mamãe,

Nada de nôvo. Evidentemente, nada menos variado que a vida de quartel. Pouco a pouco, vem chegando a melancolia. Saberei, dentro de um mês mais ou menos, se pilotarei ou não. Fiz meu pedido, etc...

Custei a refazer-me daquela ignóbil infecção, que me deixou doente como um animal.

Estou em meu quarto neste momento, acabo de tomar um banho. Única hora de descanso, e tão curta, pois o trajeto me toma todo o tempo.

Escreva-me freqüentemente. Se você soubesse como me repousam as cartas! Se eu pudesse receber todos os dias uma carta de Saint-Maurice! Escrevam-me todos, alternadamente.

Não pude ir a Paris. Ia lá procurar livros, mas êles são enviados de outra maneira. Pior para mim.

Seu cheque ainda não chegou. Estará extraviado ou ainda não foi enviado? Você me disse, quarta-feira passada, que o mandaria, há já quatro dias. Não tenho mais um tostão.

Sinto-me muito infeliz porque não tenho fósforos para o meu fogareiro a álcool e não posso fazer chá.

Estão pedindo voluntários para Marrocos. Os candidatos deverão apresentar-se daqui a um mês ou três semanas. Se eu não puder pilotar, apresentar-me-ei. Pelo menos, estarei com Sabran.[1]

Apesar de ter pouco tempo, continuo a preparar-me para meus próximos cursos, que começam dia 26.

Apenas 10 minutos antes de partir. Não se deve chegar atrasado... Caso contrário, é a detenção.

Em Pentescostes, espero obter 48 horas de licença para ir a Paris. Digo Paris porque Saint-Maurice me tomaria pelo menos trinta e oito horas só de viagem, ida e volta. Espero poder ir de avião a Paris. Duas horas e meia. Você estará lá visitando Biche, nessa ocasião?

Vá a Paris, sim?

Beijo-a, ao deixá-la, com amor.

Respeitosamente, seu filho,

Antoine.

Didi[2] me promete um embrulho? (um bôlo também dentro...) Não esqueça a ordem de pagamento *hoje*. (Para o quartel, vale postal.)

17.

Estrasburgo, 1921

Minha querida Didi,

Agradeço-lhe muito sua carta, que me deu um grande prazer, sobretudo por ficar sabendo que seu cão vai bem; sonhei com êle esta noite.

[1] Marc Sabran é um amigo de Antoine, que o conheceu em Friburgo.

[2] Didi é outro apelido de sua irmã Gabrielle. É a ela que é dirigida a carta seguinte.

De agora em diante, escreva para a casa de Monsieur Maier,

12 rua 22 de novembro,
Estrasburgo (Baixo Reno).

São seis e meia da manhã. Você já me viu algum dia escrever cartas a esta hora matinal? Levantamos às seis horas, temos folga até as sete, fazemos exercício até as onze, almoçamos, temos folga até uma e meia. Exercício até as cinco, folga até as nove.

O exercício é cansativo: ginástica, movimentos, etc., em pleno sol. Às vêzes, ridículo.

"Os recrutas que sabem fazer o exercício tal saiam das filas! Mais depressa... vamos! Ei, aí adiante... dois dias de suspensão."

Cinco minutos depois: "Os recrutas que sabem cantar saiam das filas... Muito bem, sabem cantar a Madelon? Cantem para os companheiros verem... mais alto, pelo amor de Deus... Dois dias de suspensão para vocês, não podem cantar mais alto?

— Bem, agora vamos partir. Ao comando de quatro, todo mundo vai cantar. Meu Deus do céu! Vocês lá adiante, vão ou não vão calar a bôca?

À direita, direita, à esquerda, esquerda! Em frente, marche! Um, dois! um, dois! Cantem todos. Um, dois! três, quatro!..." E a Madelon começa, evidentemente em duzentos tons diferentes, pois êste não nos foi dado...

Fazem-nos também andar de gatinhas, horas a fio, e outras criancices tôlas...

Em suma, não é mais aborrecido que o liceu, ao contrário.

Arre! a sirene... Adeus! concentração lá diante...

Beijo-a,

Antoine.

T. S. V. P.

Pânico geral. A sirene tocou durante uma hora, dois mil soldados atenderam ao apêlo: um esfregão queimava na barraca do ferrador. Dois dos dois mil soldados cuspiram em cima e tudo acabou, e os dois mil menos dois soldados — eu entre êles — voltaram.

Custa-me manter-me de pé, de cansaço — não por ter apagado o fogo — mas por causa dêste maldito exercício. Poucos aborrecimentos. Como distração, aviões que se arrebentam no solo com um barulho metálico, e cabos que berram.

Escute — nosso capitão é um capitão *de Billy* (não sei se é assim que se escreve isto). Se você conhece os de Lião, pergunte-lhes se não é um parente dêles que comanda os S.O.A. no 2.º de Aviação em Estrasburgo, *e peça que me recomendem.*

Escreva-me logo sôbre o resultado disto.

Meu quarto na cidade é ótimo. Tomo banho tôda noite quando volto do quartel e em seguida faço um chá que bebo antes de voltar.

O capitão vai chamar-me esta manhã para falar a respeito de meu pedido para ser aluno-pilôto. Espero que tudo dê certo. Se der, dentro de quatro ou cinco meses estarei fazendo acrobacias sôbre Saint-Maurice-de-Rémens.

Se você quiser ser gentil, envie-me de vez em quando embrulhos e outras coisas para meu quarto na cidade. Sinto sempre grande prazer em recebê-los.

Ontem, *durante uma tempestade como raramente vi igual,* os aviões voaram assim mesmo. Evidentemente, é necessário um formidável contrôle do aparelho.

Última hora.

Imagine você que vou ser professor... Ensinarei, numa classe com quadro-negro, aerodinâmica e motores de explosão, a uma porção de alunos. Depois disso (dentro de um ou dois meses), passarei *certamente* a aluno-pilôto.

Beijo-a com amor.

O irmão que a ama,

Antoine.

18.

Estrasburgo, 1921

Minha querida mamãe,

Imagine você que vou ser... professor, enquanto espero passar a aluno-pilôto. A partir de 26 de maio, estou encarregado dos cursos teóricos sôbre o motor de explosão e a aerodinâmica. Terei uma sala — um quadro-negro e muitos alunos? Depois disso, passarei *cermente* a aluno-pilôto.

Por enquanto — ao contrário de falaciosas opiniões emitidas por outros, — acho o regimento uma coisa formidável.

Em primeiro lugar, apenas praticamos esporte. O regimento é, em resumo, uma grande escola de futebol. Jogamos também jogos de colégio (bate-bola, salta-carneiro), com a diferença que êsses exercícios são a comando e, se jogamos mal, dormimos sôbre a palha úmida das celas... Outra analogia com o liceu: "Fulano de tal, copie cem vêzes: quando se faz concentração, passa-se à esquerda do comandante."

Esta noite: vacina contra tifo.

Meus companheiros de quarto são simpáticos. Grandes batalhas de travesseiro. Tenho a simpatia dêles, o que é muito, e as "travesseiradas", que dou mais que recebo.

Voltando ao meu professorado... É mesmo engraçado! Você já me imaginou professor?

Almoço e janto na cantina com companheiros; dois ou três dêles são encantadores. À noite, saio às seis horas, tomo um banho em casa e faço um chá.

Tenho de comprar uma boa quantidade de livros, bastante caros, para meus cursos. Seria possível você enviar-me dinheiro assim que receber minha carta?

Por outro lado, seria possível enviar-me quinhentos francos por mês? É mais ou menos o que gasto.

Nosso capitão é um capitão de Billy. Você o conhece? Se conhece, recomende-me a êle.

Você está em Paris? Deveria voltar por Estrasburgo, cidade deliciosa. Se não vier, ficará para mais tarde, obterei fàcilmente licenças, eu, professor...

Pronto. Deixo-a.

Beijo-a com todo amor.

Respeitosamente, seu filho,

Antoine.

Envie sempre o dinheiro para *o quartel* (As cartas, para a cidade ou para o quartel).

19.

Estrasburgo, 1921

Minha mãezinha,

Mas eu lhe escrevi uma carta de quase 10 páginas! Então você não a recebeu? Escrevi-a numa noite em que estava de guarda — perto de um riachinho — ao luar. (Para escrevê-la, arrisquei o Conselho de Guerra — assentado à noite, estando de guarda...)

Eu também não sei nada. Nem mesmo sabia que Monot estava em Paris. Ignoro ainda o que ela faz lá — completamente. Tenho, aqui, a impressão de estar inteiramente sòzinho.

E depois, para completar, Didi doente. Gostaria tanto de receber notícias. Realmente, tudo é triste.

De qualquer maneira, mamãe, que faz Monot em Paris, onde está hospedada, etc... Não sei nada.

Mamãe, acabo de reler sua carta. Você parece tão triste e tão cansada e, além disso, queixa-se de meu silêncio – Mamãe! Mas eu escrevi. Você parece triste e isto me deixa deprimido.

Vou bem. Nada de especial. O regimento, ou melhor, a companhia meteu-se em um motim estúpido e por isso as licenças, entre outras coisas, foram suspensas. Logo que puder, irei ter com você, mas quando?

Estou triste por causa de sua carta, que é como uma bruma em volta de mim. Fora isso, tudo vai mais ou menos bem. Acabo de inventar um contador de rotações que um suboficial, um ás como relojoeiro, vai construir para mim. Veremos o que dará êle na prática. Estou terminando os últimos cálculos.

Mamãe, adeus. Beijo-a com todo amor, minha mãezinha. Escreva-me uma carta menos triste.

Beijo-a com todo amor.

Respeitosamente, seu filho,

Antoine.

Seria possível enviar-me *hoje* minha pensão? Eu a pedi em minha última carta e estou, há uma semana, sem dinheiro nenhum.

Tinha também pedido que me enviasse de Lião os seguintes livros:

1.º) Um curso *detalhado* de aerodinâmica (em um ou vários volumes), próprio para um engenheiro.

2.º) Um curso detalhado sôbre o motor de explosão.

O mais cedo possível, já me estão fazendo muita falta.

Isso não a aborrecerá, mamãe querida?

Antoine.

(Na Rue de la Charité, há por exemplo, uma boa livraria. Mas desejo um livro científico.)

20.

Estrasburgo, 1921

Minha querida mamãe,

Acabo de ver o capitão de Billy, que foi encantador e que, muito atarefado com todos os preparativos que se fazem aqui, em regime de prontidão, encarregou-me de responder-lhe.

Êle acha *boa* minha idéia de tirar o *brevet* civil, mas deseja antes:

1.º) Que eu faça *amanhã* o exame e contra-exame médico;

2.º) Falar a respeito com o comandante para obter informações sôbre a companhia civil, etc.

Tenho muita esperança de que tudo acabará bem e então avisá-la-ei.

Acabo de descer de um Spad-Herbemont, completamente tonto. Minhas noções de espaço, de distância, de direção misturaram-se lá em cima na mais completa incoerência. Quando procurava o solo, ora olhava para baixo, ora para cima, à esquerda, à direita. Pensava estar muito alto e repentinamente era atirado em direção ao solo por um parafuso vertical. Pensava estar muito baixo e em dois minutos era aspirado a mil metros pelos 500 cavalos do motor. Aquilo dançava, balançava, rolava... Ai, ai, ai...

Amanhã subirei com o mesmo pilôto e a 5.000 metros de altitude, bem acima do teto de nuvens. Realizaremos um combate aéreo com um outro aparelho pilotado por um outro amigo. Então os parafusos, os *loopings,* as reviravoltas, vão me arrancar do estômago tôdas as refeições do ano.

Não sou ainda metralhador e é graças aos conhecimentos que adquiri que vôo. Ontem, soprava um vento de tempestade e chovia uma chuva cortante que picava o rosto da gente a 280 e 300 quilômetros de velocidade por hora.

Independentemente do *brevet* civil, penso começar, dia 9, a instruir-me para metralhador.

Ontem, grande revista dos aparelhos de caça.

Os Spads de um só lugar, minúsculos e bem brilhantes. Alinhados ao longo dos hangares com bonitas metralhadoras novas no o pôpo — pois há três dias estamos montando as metralhadoras — os Hanriots, bólidos bojudos, e os Spads-Herbemont, os atuais reis, ao lado dos quais todo avião desaparece, com seu ar mau e o perfil de águia semelhante a uma testa franzida...

Você não pode fazer idéia de como um Spad-Herbemont tem um ar maldoso e cruel. É um avião terrível. É êste que eu tenho uma vontade enorme de pilotar. Mantém-se no ar como um tubarão na água e bem que se parece com um tubarão! O mesmo corpo bizarramente liso. Os mesmos movimentos ágeis e rápidos. E ainda mantém-se no ar, vertical sôbre as asas.

Em resumo, vivo em grande entusiasmo e seria uma decepção amarga se fôsse recusado amanhã no exame médico.

[Aqui aparece um esbôço muito esquemático.]

Êsse quadro, de uma arte sóbria, representa o combate aéreo de amanhã.

Vendo êste alinhamento de aviões, escutando roncar todos os motores que regulamos, respirando êste bom cheiro de gasolina, a gente diz consigo mesmo: "Os boches hão de pagar."

Adeus, mamãe querida, beijo-a de todo coração.

Respeitosamente, seu filho,

Antoine.

21.

Estrasburgo, 1921

Minha querida mamãe,

Estando de guarda ontem no quartel, não pude responder ao seu telegrama.

Regra geral: difícil telegrafar sem motivo sério (neste caso, poderei recorrer ao vagomestre), pois o quartel não é em Estrasburgo, e saímos freqüentemente muito tarde.

Recebi sua carta e o cheque, que se tinha extraviado no quartel, pois haviam deturpado meu nome quando assinalaram sua chegada. Sem o embrulho de Didi, ainda não o teria (o embrulho permitiu retificar meu nome).

Tenho *refletido, interrogado, discutido.* Se quero fazer alguma coisa nestes dois anos, só tenho esta solução. Afinal, só disponho de meia hora livre por noite. Como quer você que, esgotado pelo exercício, eu trabalhe? Ou que organize de qualquer maneira minha vida? Arranjei tudo com a Companhia Transaérea de Leste (civil), assinei, etc. Tudo está em ordem. Começarei quarta-feira o aprendizado. Durará mais ou menos três semanas ou um mês. Encontrar--me-ei com você em Paris, nessa ocasião.

Calculo que o aprendizado será através de cem vôos, o que é bastante (seja qual fôr o número de vôos, o preço é 2.000 francos).

Começo quarta-feira. Estou inteiramente decidido, pois não me entusiasma nada ser metralhador com um pilôto qualquer e, por outro lado, desejo poder fazer alguma coisa.

Seria possível você enviar-me (para o quartel) amanhã, domingo, 1.500 francos: mil para a caução que retirarei depois de obtido o *brevet,* ou que você mesma retirará, e 500 para o primeiro quarto do pagamento?

Estou aprendendo em um Farman extremamente *lento,* em que instalaram um duplo comando, para evitar que eu começasse nos duplos comandos Sop (aviões rápidos).

Garanto-lhe que não há nenhuma razão para mêdo. Durante as próximas três semanas não deixarei o duplo comando e como, por outro lado, vôo quase todos os dias em aviões militares — hoje, por exemplo — isso não muda nada.

Você me disse em sua carta que só tomasse uma decisão "amadurecida"; garanto-lhe que ela o é. Não tenho um minuto a perder, esta a razão de minha pressa.

Começo, de qualquer maneira, quarta-feira, mas gostaria de ter o dinheiro têrça-feira, para não me encontrar um uma situação embaraçosa, difícil, quero dizer, em relação à Companhia.

Suplico-lhe, mamãe, que você não fale sôbre isso com ninguém e que me envie o dinheiro. Eu lhe pagarei pouco a pouco, se você quiser, com meu sôldo. Ainda mais que, como pilôto militar, terei cem facilidades no concurso de alunos oficiais. Portanto, faça isso hoje, eu ficarei tão agradecido, sim, mamãe?

Às vêzes sinto-me triste à noite. Você deveria passar por Estrasburgo pelo menos uma vez. Sinto-me um pouco abafado neste ambiente. Nenhuma perspectiva. Quero uma ocupação que me agrade.

Venha, pois, aqui uma vez. A viagem custará 80 francos e você dormirá em meu quarto.

Escreva-me. As cartas são tão.[1] Perdoe-me se tenho apenas alguns segundos para escrever ilegìvelmente!

Não tenha mêdo das *gripes;* não há disto em Estrasburgo.

Beijo-a com amor.

Respeitosamente, seu filho,

Antoine.

22.

Estrasburgo, 1921

Mamãe querida,

Recebi sua carta ontem. Escrevi-lhe contando como tudo foi oficialmente arranjado pelo capitão.

Acabo de fazer os dois exames médicos, e julgaram-me *bom* para servir como pilôto.

Espero a autorização militar que chegará breve. Seria possível você partir AMANHÃ À NOITE em vez de quinta-feira, para trazer-me os 1.500 francos, dos quais você deve depositar 1.000 no banco?

Mamãe, se você soubesse — cada vez aumenta mais — o irresistível desejo que sinto de pilotar. Se não o conseguir, serei muito infeliz, mas consegui-lo-ei.

[1] Sic.

Três soluções:

1.º) Alistar-me por um ano ou dois;

2.º) Marrocos;

3.º) O *brevet* civil.

Adotarei uma das três, pois, agora que tenho meu certificado, pilotarei.

Sòmente as duas primeiras soluções apresentam inconvenientes, e o capitão e eu achamos que a terceira solução é luminosa. Possuindo o *brevet* civil, obtenho de *direito* o *brevet* militar, sem necessidade de alistamento.

Sua carta me preocupa — evidentemente, é de você que, em última análise, tudo depende, por causa das despesas civis — a menos que eu peça um empréstimo, o que não quero fazer. Parece-me que você está contra o projeto! Você não faria isto, não é? Tudo está arranjado, o Comandante está a par de tudo. Depois de sua carta, você acha que o capitão aprovaria, se fôsse um absurdo? Não é, mamãe?

Se êste projeto não se realizar, alistar-me-ei; prefiro três anos assim que dois nesta vida degradante.

Mas não seria razoável, desde que tenho esta solução mais imediata.

Mamãe, suplico-lhe que me envie hoje um cheque ou que parta amanhã à noite em vez de sexta-feira.

E além disso, eu ficaria tão feliz de revê-la, sabe, mamãe? Só que você não deve vir para acabrunhar-me com tantas queixas. Tudo está acontecendo muito depressa, você sabe, mas eu já perdi tanto tempo...

Sinto confiança, apesar de sua carta, sabe?

Beijo-a com todo amor.

Respeitosamente, seu filho,

Antoine.

23.

Estrasburgo, 1921

Minha mãezinha,

Gostaria muito que você viesse segunda-feira, porque acho que não terei mais tempo para nada depois do *brevet,* principalmente porque é de *Estrasburgo* que devo partir para Marselha.

O que nós poderíamos fazer é, se nos sobrar um ou dois dias, ir, de avião, passá-los em Paris, a rever Monot.[1] Enquanto esperamos, como tenho muito tempo livre, visitaremos a Alsácia.

Gostaria muito de fazer amanhã ou depois de amanhã meu primeiro vôo sòzinho. Depois disso, o *brevet* viria logo.

Recebi o dinheiro e os livros. Obrigado, mamãe. Tenho andado à paisana. Espero que não me peguem. Aliás, vivo enclausurado em meu quarto, fumando e bebendo chá. Penso também muito em você e recordo uma porção de coisas de minha infância. E me aflige pensar em quantas vêzes causei-lhe tristezas.

Acho-a tão boa, mamãe, se você soubesse, e a mais hábil das "mamães" que conheço. E você merecia tanto ser feliz e não ter um terrível filho que o dia inteiro resmunga ou se enraivece. Não é, mamãe?

Gostaria de consagrar-lhe tôda minha noite e escrever-lhe durante muito tempo, muito tempo. Mas está tão quente que não agüento. Apesar de ser tarde, não há ar para se respirar na janela. É um sofrimento. Que será de mim em Marrocos?

Imagine que havia em meu dormitório um bom tipo, natural de Villar-les-Combes, que, nos momentos de saudades de casa, canta... *Fausto* ou *Madame Butterfly*. Há ópera em Villar-les-Combes?

Eu gostava da frase do rei que você repetia: "Madame, venta muito e matei seis lôbos." Ventava muito também esta manhã. Mas eu gosto disso, do vento, e – no avião – a luta, o duelo com a tempestade. Mas não sou um adversário à altura. Vôo em manhãs clementes e suaves. Aterrisamos no orvalho e meu monitor, coração romântico, colhe margaridas para "Ela". Depois, senta-se no eixo das rodas e goza do mundo uma visão tranqüila.

Conheci aqui um camarada de porte fidalgo. Francisco Primeiro ou Dom Quixote, sem dúvida. Eu não ousava forçar seu anonimato, mas tinha-o em grande conta. Sentia-me pequeno, pequeno...

Deu-me a honra de dignar-se tomar chá em minha casa. Falou de filosofia com todo o pêso de seu nariz Bourbon. Emitiu sôbre a música e a poesia verdades belíssimas. Voltou três vêzes em três dias, teve a indulgência de achar delicioso o meu chá, deliciosos meus cigarros, e eu perguntava a mim mesmo: será um grande senhor (seus gestos eram lentos e seguros) ou um grande cavalheiro (tinha olhos muito nobres e firmes)? Em resumo: Francisco Primeiro ou Dom Quixote?

Isso me intrigava, gostaria de saber. Mas êle se me impunha: a cavalo em sua cadeira, parecia cheio de dignidade.

Depois, um dia, Dom Quixote vem e me expõe longamente seus projetos – belos mas dispendiosos. Em seguida Francisco Primeiro me pediu emprestados cem sous... Nunca mais os vi...

[1] Um dos apelidos que êle dá a sua irmã Simone.

O *Crepúsculo dos Deuses,* dizia Anatole France!
Mamãe, é quase noite e sinto calor...
Beijo-a com todo amor.
Venha logo!
Respeitosamente, seu filho,

Antoine.

24.

Estrasburgo, 1921

Mamãe querida,

O Ministério comunica:

"Tomaram-se providências a fim de adiar por quinze dias o embarque do soldado Saint-Exupéry, para que êle termine seu *brevet.*"

Se me sobrar tempo, irei até Saint-Maurice,[1] mas não posso prometê-lo. Antes de parar a hélice a 2.000, é preciso uma certa prática, é sempre desagradável aterrisar sôbre um telhado...

Os Montandon[2] foram encantadores comigo. Monsieur me é extremamente simpático. Gosto muito dêsse tipo de gente. Êle pesca com convicção... Quase o segui em suas caminhadas. Sem êle, eu ainda não teria recebido seu cheque.

Os Bonels,[3] por sua vez, acolheram-me com tanta simplicidade e mesmo afeição — quando não me conhecem nem a minha família diretamente (a não ser tia Mad)[4] — que eu lhes dedico um terno reconhecimento.

Infelizmente, partiram Madame e suas "demoiselles". Gozarão no Sul (Toulouse) um calor agradável.

Nada de nôvo. Passeios no cais Kellermann, cuja água verde parece cada vez mais de chumbo, tamanho é o calor. Parafusos e *loopings* no Herbemont, seguidos de inevitáveis enjôos (mas começo a acostumar-me com essas duras acrobacias). Pilotagem gênero "pai de família" no Farman, quando nem uma só fôlha se move e o motor se digna rodar. Voltas prudentes e majestosas. Aterrissagens cheias de moleza e abandono — nem parafusos nem loopings. Mas espere

[1] Saint-Maurice-de-Rémens (Ain), propriedade deixada por Madame de Tricaud a Madame de Saint-Exupéry. Aí é que Antoine passou tôdas as suas férias na infância.

[2] Família amiga dos Saint-Exupéry.

[3] Amigo de Pierre d'Agay, marido de Gabrielle de Saint-Exupéry.

[4] Mademoiselle de Fonscolombe, irmã de Madame de Saint-Exupéry.

até que eu pilote – o Herbemont – em vez de ser o eterno passageiro... ah! que avião!

Quanto ao Farman, vai mais ou menos depressa, tenho o aparelho nas mãos.

Jogo distraìdamente xadrez e bebo chopes. Estou transformando-me num burguês barrigudo. Voltarei como um gordo alsaciano. Já adquiri o sotaque. Aprendo a língua para lhe ser agradável.

Para que procurar nos Museus uma emoção artística qualquer? Com uma tranqüila teimosia obstino-me em julgar as coisas do ponto de vista calorífico. O Décimo-Oitavo, rosa e repleto, me faz horror... digo a mim mesmo: "Como todos êles parecem sentir calor!" Apenas litografias do mar de Gêlo me emocionam um pouco – e os campos da Rússia.

Oh! Marrocos...

[Segue-se um esbôço representando uma palmeira e um sol estilizados.]

Aliás, aborreço-me enormemente. Meu parceiro no xadrez tornou-se idiota com o calor e ganha porque não vê as armadilhas que lhe armo: isso me envergonha.

Deixo-a para ir tomar um banho benfazejo.

Acabo de receber seu cheque. Passarei ainda dezoito dias aqui e devo o aluguel dêste mês – quer eu parta ou fique. Tenho também algumas roupas para lavar.

Partindo como pilôto para Rabat, ficarei contente. O deserto visto do avião deve ser sublime.

Deixo-a e beijo-a, como também a tia Laure,[1] as primas, as irmãs.

Respeitosamente, seu filho,

Antoine.

25.

Rabat, 1921[2]

Minha querida mamãe,

Muito obrigado por sua carta. Eu tinha acusado o recebimento dela, mas em Paris – e, no mesmo dia, para o hotel em Lião. Você deixou lá seu enderêço?

Finalmente, você fêz bem ir ver tôda essa gente... Instinto maternal!

1 Cunhada de seu pai.

2 Antoine é transferido, em 17 de junho de 1921, para o 37.º Regimento de aviação em Rabat. Aí ficou até janeiro de 1922, data em que foi nomeado aluno-pilôto em Istres.

Paralelamente aos cursos civis de pilôto, faço cursos militares de metralhador em aviões Hanriots. Quando conseguir meu *brevet* de metralhador-observador, passarei a caporal.

Quase parti para *Constantinopla.* Pediram voluntários para amanhã. Mas pensei que, como mecânico, não seria o sonho, e esperarei meu duplo *brevet*... Constantinopla, e gratuito! Que oportunidade! O que me reteve também foi saber que talvez nosso regimento será transferido para Lião. Estarei então a dez minutos de Saint-Maurice, de avião.

M'sieur l'curé cirez vos bottes
Pour monter en a-vi-on[1]

Se assim fôr, êle pode preparar-se para dançar, o cura. E nós riremos! Caso contrário, procurarei fazer assim, às custas da princesa, uma viagem que seja um poema.

Durmo atualmente na palha úmida das celas. A prisão é em um porão. A lua embaçada e o plantão pálido velam na janelinha. Tipos estranhos, presos há semanas, cantam canções bizarras de subúrbios e fábricas. Canções tão tristes que parece que se estão ouvindo sirenes de navios. Iluminamo-nos com velas, que sopramos ao menor ruído.

Aliás, só fico lá, à noite e nas horas de repouso. Não é absolutamente aborrecido e castiga de uma maneira bastante suave meu atraso de um minuto na tarefa de descascar batatas.

Desde o fim dos exercícios, troquei de cabo, de sargento e de caporal. Os de agora são brutos completos, que me fazem passar horas nauseabundas, que gritam sem descanso, por prazer.

Dentro de quinze dias reverei Estrasburgo, a França, meu quarto, as vitrinas das lojas. Escreva-me com freqüência!

O que foi feito de Mimma,[2] de Saint-Maurice, de tudo? Estou finalmente bastante contente por você ter-se encontrado com o Padre Sudour.[3] Gostaria que você tirasse minha fôlha-corrida para enviar-lhe (22, rua Delambre). Agradeço-lhe muito.

Pierre d'Agay me enviou o endereço de alguém para eu procurar. Irei assim que terminar minha suspensão e minha prisão.

[1] Alusão ao refrão inventado por Antoine e suas irmãs, quando crianças, e com o qual acolhiam em Saint-Maurice o cura da cidadezinha:

Monsieur l'curé cirez vos bottes
Pour venir nous ma-ri-er
Car chez nous l'amour, i'trotte
Come les rats dans un grenier.

(Senhor cura, engraxe suas botas / Para vir nos casar / Pois entre nós o amor trota / Como os ratos num celeiro.)

[2] Êste apelido designa sua irmã Madaleine.

[3] Diretor da Escola Bossuet e grande amigo de Antoine.

Impossível enviar-lhe um telegrama em resposta ao seu. Aliás, já é impossível quando saímos, por causa da hora tardia e os correios já fechados.

Adeus, mamãe querida, deixo-a e beijo-a de todo coração e com todo amor.

Respeitosamente, seu filho,

Antoine.

26.

Rabat, 1921

Minha mamãezinha,

Como pode você deixar-me tanto tempo sem notícias, você que sabe tão bem que tortura que é.

Não recebo uma só carta há 15 dias! Mamãe!

Passo o tempo a imaginar coisas sinistras e sinto-me infeliz. Mamãe, uma carta é tudo! Nem Didi nem ninguém me escreve mais. Aqui, onde tenho mais tempo para pensar em vocês, sofro mais com esta solidão.

Não tenho mais um só centavo. Precisei ficar oito dias em Rabat para os exames de E. O. R. Não faço questão de passar. A vida de esquadrilha me encantará. Não faço questão de me embrutecer durante um ano em uma escola sinistra de teoria militar. Não tenho alma de cabo. Não me agrada êsse trabalho mecânico e insípido.

Ter conhecido apenas Casablanca me desolaria, não valeria a pena ter vindo a Marrocos. Se passar, penso em pedir demissão. Recomeçarei a trabalhar na arquitetura, etc., na escola tudo estará terminando.

Tentarei obter uma licença de um mês, pois estou ansioso para ver vocês todos — e quanto!

Êsses oito dias em Rabat foram ótimos. Naturalmente encontrei lá Sabran e um companheiro de Saint-Louis. Conheci ainda dois jovens formidáveis que vieram também fazer os E. O. R., filhos de médicos, instruídos e muito bem educados, e um capitão que nos convidou, os cinco, para jantar: Sabran, o companheiro de Saint--Louis, os dois jovens e eu. Homem encantador como poucos. Um verdadeiro amigo e ainda músico, artista... Tem uma casinha branca entre as casas brancas de Rabat. Parece que a gente está passeando no pólo, na neve, de tal modo esta parte da cidade árabe parece de algodão ao luar. Que noite agradável!

Rabat naquele momento era a coisa mais deliciosa do mundo. Comecei a compreender lá o Marrocos. Intermináveis passeios nas ruas populares vibrantes de luz — oh, se eu soubesse fazer aquarelas, que côres, que côres, é feérico se a gente sabe olhar. Passeios intermináveis nas ruas ricas: únicas na estreita passagem, abrem-se pesadas portas misteriosas. Nenhuma janela... de vez em quando, uma fonte e pequenos asnos bebendo.

Desde minha volta, não me aborreço: faço minhas primeiras viagens aéreas. Trezentos quilômetros esta manhã: Ber-Rechid-Rabat-Casablanca. Portanto, revi do alto minha querida cidade... Ela é maravilhosamente branca e calma. Ber-Rechid é uma terrível aldeia um pouco ao sul.

Amanhã, trezentos quilômetros outra vez. As tardes, passo-as dormindo, por causa do cansaço.

Depois de amanhã, grande viagem para o sul. Vou a Kasbah-Tasla. Para lá chegar, quase três horas de pilotagem (isso representa quilômetros); o mesmo, naturalmente, para voltar. Que solidão vai ser... espero com impaciência.

Esta noite, à luz tranqüila de uma lâmpada, aprendi a dirigir-me pela bússola. Os mapas abertos sôbre a mesa, o sargento Boileau explica: "Chegando aqui (e nossas frontes estudiosas inclinam-se sôbre as linhas embaraçadas), vocês se dirigem para 45° oeste... Aqui uma cidadezinha, vocês a deixam à esquerda, não se esqueçam de corrigir a deriva do vento com o indicador móvel, na bússola..." Sonho... êle me acorda: "Preste atenção... agora 180° oeste, a menos que vocês prefiram cortar por aqui... mas há menos pontos de referência, vejam, esta estrada aqui se vê bem..."

O sargento Boileau oferece-me chá. Bebo-o aos goles. Penso que, se me perder, aterrisarei entre os dissidentes. Quantas vêzes ouvi dizer isso: "Se, ao saltar de tua lata, te encontrares diante de uma mulher, beija-a no peito, e então serás sagrado, ela se considerará tua mãe, dar-te-ão bois, um camelo e casar-te-ão. É a única maneira de salvar sua vida."

Minha viagem ainda é muito simples para que eu possa esperar tais imprevistos, o que não impede que eu sonhe esta noite. Gostaria de tomar parte em longas missões no deserto...

Como gostaria de levá-la no avião!

Deixo-a, mamãe querida. Escreva-me, por favor. Seria possível enviar-me também a ordem telegráfica de 500 francos para êste mês sòmente, *por causa das mudanças?*

Beijo-a tão ternamente quanto quando era um rapazinho de nada que arrastava uma cadeirinha verde... mamãe!

Última hora. Acabo de voltar de minha viagem a Kasbah-Tasla. Nenhuma falha no motor, nenhuma dificuldade. Fiquei encantado, escrever-lhe-ei sôbre isso com detalhes.

Antoine.

27.

Casablanca, 1921

Minha mamãezinha,

Recebi tôda espécie de tesouros — cartas e leite — tudo isso me alegrou o coração.

Domingo passado, tirei alguns retratos com a máquina de um companheiro. Envio-lhe o mar e as únicas árvores da redondeza: grandes cactos tristes. Também minha silhueta sôbre um rochedo. Gosta? Didi aqui estaria feliz. Há uma multidão de infames cães amarelos. Vagam pelo campo em fila indiana, estúpidos e maus.

Sem êles, aventurar-me-ia até perto dos "douars"[1] de palha e barro que ladeiam um pobre muro em ruínas. Vêem-se lá à tarde velhos esplêndidos e mulherzinhas raquíticas. Destacam-se em negro contra o céu vermelho e envelhecem lentamente como seus muros. Os cães amarelos uivam. Camelos convencidos pastam pedras e horríveis asnos pequenos sonham. Poder-se-ia tirar bons retratos e, entretanto, isto não se compara às vilazinhas de Ain, onde havia carroças de feno, grama verde povoada de vacas familiares.

Primeiras chuvas. Um filête de água corre sôbre o nariz quando se faz a sesta. Lá fora, o céu despeja toneladas de nuvens. A barraca, aberta ao vento, tem queixas de navio, e, como a chuva formou grandes lagos ao redor dela, dir-se-ia a Arca de Noé.

Dentro, cada um, silencioso, meteu-se sob o cortinado branco, de modo que a gente pensa estar num pensionato de môças. Acabamos habituando-nos com essa idéia, sentimos que nos tornamos tímidos e encantadores. Quando sólidas blasfêmias nos despertam, respondemos com outras blasfêmias sonoras e os pequenos cortinados brancos tremem assustados.

Escrevi à escola universal, a respeito da autorização. Seria possível enviar minha mesada no dia primeiro? Espero conseguir licença para ir a Fez. Isso me distrairá.

Adeus mamãe querida. Beijo-a com amor.

Respeitosamente, seu filho,

Antoine.

[1] Aglomeração de tendas árabes, dispostas com regularidade. (N. do T.).

28.

Rabat, 1921

Minha mãezinha,

Escrevo-lhe dum adorável salãozinho mouro, enterrado em grandes almofadas, uma xícara de chá em minha frente e um cigarro nos lábios. Sabran toca piano — Debussy ou Ravel — e outros amigos jogam bridge...

É que nós ficamos conhecendo o mais estranho dos homens: o capitão Priou, de Rabat. Inimizado com seus companheiros, quase todos suboficiais reengajados, reuniu a seu redor um grupo de amigos delicioso: Sabran, um antigo companheiro de Saint-Louis, que freqüentou a Escola Naval comigo, e dois outros jovens. Dedicamo-nos intensamente à música. Não toco, mas escuto, e para isso enterro-me um pouco mais nas almofadas.

Sua casa nos é aberta com tanta boa vontade que abusamos dela. Sabran e eu viemos de Casablanca, por 48 horas. Os jantares são alegres, garanto-lhe, porque nós temos todos... muito espírito (não há dúvida). Deitamo-nos em horas impróprias, três ou quatro horas da manhã, tão apaixonante é o pôquer de cada dia, e a música. Jogamos jogos extraordinários, perdemos até dezesseis *sous* por noite. Nosso caráter é tão bom que encontramos nisso o mesmo prazer que se jogássemos com luíses de ouro, e o que sai do jôgo com o enorme ganho de vinte sous toma o ar enfatuado que convém tomar.

Agora que Sabran está em Casablanca e que todo sábado vimos para Rabat, voltando segunda à noite, a vida corre fácil e doce neste país florido. Pois Marrocos, o terrível "bled"[1], vestiu-se primeiramente de um verde inteiramente nôvo e de longos prados cariciosos; agora cobre-se de flôres vermelhas e amarelas e, uma após outra, as planícies se iluminam.

Faz um calor continuado, que favorece a quietude da alma. Rabat, minha cidade bem-amada, está silenciosa hoje.

A casa do capitão, nova, no labirinto branco das casas árabes, é ao lado da mesquita dos Udaias. O minarete eleva-se sôbre o pátio interior descoberto e, à noite, quando se vai do salão para a sala de jantar e se levanta os olhos para as estrêlas, escuta-se cantar o muezim, vendo-o agitar-se como do fundo de um pôrto.

Adeus, minha amada mamãe. Daqui a cinco meses eu a terei beijado, certamente. Enquanto isto, beijo-a com tôda a ternura de meu amor.

[1] O interior das terras, na África do Norte. (N. do T.).

Você recebeu minha longa carta da semana passada?
Envie minha mesada, por favor, hoje.
Respeitosamente, seu filho,

Antoine.

29.

Casablanca, 1921

Minha mamãezinha,

Você não pode imaginar quanta ternura pode conter um simples prado, menos ainda quão doloroso pode ser um fonógrafo.

Sim, êle roda neste momento, e garanto-lhe que me fazem mal estas canções antigas. São demasiado doces, demasiado ternas, nós as escutávamos sempre em casa. E retornam como uma obsessão. As canções alegres são de uma ironia cruel. Êstes retalhos de música me emocionam. Fecho os olhos, contra a vontade — dança popular: vêem-se velhos baús de Bresse, um assoalho encerado... Ou Manon... É engraçado, quando a gente escuta essas canções: fica cheio de ódio como o mendigo que vê passar os ricos. É que esta música é uma evocação de fidelidade.

E depois há canções que consolam...

Oh, meu caro Black, pára de latir; não escuto nada.

Você não pode imaginar o que é isto, mamãe.

Beijo-a, minha mãezinha, com tôda minha ternura. Minha mamãzinha, escreva-me logo e sempre.

Respeitosamente, seu filho,

Antoine.

30.

Casablanca, 1921

Minha mamãezinha,

Recebi de você um embrulho: sapatos e um suéter aveludado que torna suave a brisa da manhã e clementes os 2.000 metros de altitude. Aquece como o amor materno, de que é uma emanação.

Não sei o que me deu: desenho o dia inteiro e por isso as horas me parecem rápidas.

Descobri o que me serve: o lápis Conté de carvão. Comprei cadernos de croqui onde procuro fixar os fatos e atitudes do dia, o sorriso de meus companheiros ou a indiscrição do cão Black, que faz o que pode para ver o que estou rabiscando.

Black, meu cão, tranqüilize-se.

Quando terminar meu primeiro caderno, enviá-lo-ei para você, mas com a condição — oh, mamãe — de mandá-lo de volta...

Choveu. Ah! e quanto! Parecia uma torrente. Aliás, a água encontrou imediatamente seu caminho centenário nas cavidades de nosso teto, escoou-se através das tábuas que a Administração piedosamente evita juntar, e nosso sono povoou-se de sonhos magníficos, porque a água escorria pela nossa bôca como o vinho nos países de abundância. Seu suéter é, na verdade, deliciosamente quente. Graças a êle, tenho uma aparência alegre de bem-estar e um arzinho enfatuado que encanta.

Fui ontem a Casablanca. Primeiramente levei minha solidão pelas ruas árabes, onde ela pesa menos, porque só pode passar um de cada vez.

Regateei os tesouros dos judeus de barbas brancas, que envelhecem no meio de chinelas douradas e cintos de prata, assentados com as pernas cruzadas, reverenciados pelos salamaleques de todos os clientes multicoloridos: que destino maravilhoso!

Vi um assassino passar pelas ruelas. Cobriram-no de pancadas, para que êle gritasse seu crime aos graves mercadores judeus e às pequenas fátimas cobertas por véus. Tinha as espáduas deslocadas e o crânio ferido. Era um espetáculo muito edificante e muito moral. Ao redor dêle, os carrascos gritavam. Todos os tecidos de que se vestem gritavam violentamente suas côres. Era bárbaro, era esplêndido. As chinelinhas douradas não se emocionaram, nem os cintos de prata. Algumas eram tão pequenas que esperarão muito tempo por sua cinderela, outras tão ricas que só conviriam a uma fada... Meu Deus, que lindos pèzinhos ela haveria de ter. E enquanto a chinelinha me contava seu sonho — as chinelas douradas pedem degraus de mosaico — uma desconhecida coberta pelo véu as comprou e arrebatou-as. Só pude perceber dois olhos imensos... Faço votos, ó chinelas douradas, que ela seja a mais jovem das princesas e que viva num jardim cheio de repuxos encantados.

Mas tenho mêdo. Imagino quantas meninas encantadoras acabaram por casar-se, por causa de tios mesquinhos, com um terrível homem bruto e feio.

Cale-se, meu cão Black, você nada entende destas coisas.

Minha mãezinha, sente-se debaixo de uma macieira em flor, pois contaram-nos que elas florescem agora na França. Olhe bem, por mim, ao redor de você. Tudo deve estar verde e maravilhoso, há grama... Sinto falta do verde, o verde é um alimento moral, o verde mantém a suavidade das atitudes e a quietude da alma. Se se tirar esta côr da vida, tudo ficará logo sêco e mau. Os animais ferozes devem seu caráter sombrio ùnicamente ao fato de não viverem entre o verde. Eu, quando encontro um arbusto, tiro-lhe algumas fôlhas e meto-as no bôlso. Depois, em meu quarto, olho-as com amor e pego-as carinhosamente. Gostaria de rever êsse seu país, onde tudo é verde.

Antoine.

31.

Companhia de Navegação Paquet, janeiro de 1922[1]

Minha querida mamãe,

Tânger desapareceu, ontem, ao longe. Adeus, Marrocos. Seguimos o litoral da Espanha e, quando uma cidadezinha branca surge, sob o sol, meu vizinho, estendido em sua espreguiçadeira, maravilha-nos com seu nome sonoro.

O mar tem sido clemente com meu estômago. Nenhuma nuvem, nenhuma onda. A alimentação é bastante boa, as distrações raras. Ninguém joga xadrez e já esgotei todos os meus livros. Vim instalar-me na sala de jantar. Contemplo com um olhar complacente os garçons que põem a mesa. Eis aí uma virtuosa ocupação. Infelizmente, o jantar acaba na hora do pôr-do-sol, o que me fará perder a sobremesa.

Didi me escreveu dizendo que irá comigo para Saint-Maurice. A viagem será maravilhosa. Dir-lhe-ei: "Cara amiga, como vai você?" e ela se sentirá importante diante dos outros viajantes.

Escrevo-lhe agora porque, com certeza, meu dia em Marselha será gasto em estúpidas ocupações, como uma visita médica e outras formalidades burocráticas. Tudo isso não me deixará um só segundo e, se Didi vier esperar o navio, desejo piedoso que manifestou, receio que só terá de mim um beijo apressado. Estará então livre para voltar a dançar em Saint-Raphael (Var) até que, por meu lado, eu possa deixar Istres.

Escute, mamãe, faz tanto calor em Marrocos atualmente que tenho mêdo de uma pneumonia dupla em Saint-Maurice; mande aquecer meu quarto, seria bem desagradável ficar doente! Você com certeza adiantará um pouco sua viagem a Paris a fim de levar-me para lá não é, mamãe? Se você soubesse como sinto saudades de suas pedras cinzentas, de seus jardins simétricos e de suas exposições!

Não posso queixar-me de Marrocos, foram tempos bons. Passei dias de sinistro aborrecimento no fundo de uma barraca apodre-

[1] Antoine está a bordo do vapor que o leva para a França.

cida, mas agora lembro-me disto como de uma vida cheia de poesia. E depois, houve bons momentos e nossas raras mas ótimas reuniões em Rabat ficarão em minha lembrança.

Que amigos levar? Você não quereria, com certeza, que eu arrancasse alguns de Marrocos para passar oito dias em nossa casa. Você fala de amigos franceses, mas Salles e Bonnevie trabalham!

O navio começa a oscilar inquietadoramente. Sinto que o peixe frito do almôço agita-se suavemente. Entretanto, o céu está claro. Meu Deus, faça com que estas pequenas ondas desapareçam.

Adeus, mamãe, abra as portas da casa e mate o novilho gordo. Desafie por mim o senhor Cura para o xadrez, diga a Mimma e a Moisi[1] o quanto as beijo e peça a Monot para não anunciar a Regina[2] minha chegada, a fim de que Louis tenha a surprêsa de ver-me surgir, uma tarde, em seu quarto.

Antoine.

32.

Campo de Avord, outubro de 1922[3]

Minha mãezinha,

Acabo de reler sua carta do outro dia, tão cheia de ternura. Minha mãezinha, como gostaria de estar junto de você! Se você soubesse como cada dia aprendo mais a amá-la! Não escrevi nesses últimos dias, mas temos tanto trabalho atualmente!

O tempo está bom e suave esta noite, mas estou triste, não sei por quê. Êste estágio em Avord torna-se fatigante, com o tempo. Sinto grande necessidade de uma cura de repouso em Saint-Maurice e de sua presença junto de mim.

Que tem feito você, mamãe? Tem pintado? Você nada disse sôbre sua exposição e nada também sôbre aprovação de Lépine.

Escreva-me. Suas cartas fazem-me bem, é a frescura que chega até mim. Minha mãezinha, como encontra você coisas tão deliciosas para dizer-me? Fico comovido o dia inteiro.

Tenho tanta necessidade de você como quando era pequeno. Os cabos, a disciplina militar, os cursos de tática, que coisas sêcas e aborrecidas! Imagino você arrumando flôres no salão e fico com ódio dêles, dos cabos.

[1] Velha governanta de Antoine, que êle evocou em *Terre des Hommes* sob o nome de "fiadora de lã".

[2] Regina de Bonnevie, irmã de Louis de Bonnevie.

[3] Antoine, como subtenente da reserva, cumpre um estágio militar no campo de Avord.

Como pude fazer você chorar algumas vêzes? Quando penso nisso, sinto-me tão infeliz! Fiz você duvidar de minha ternura. E, entretanto, se você a conhecesse, mamãe!

Você é o que há de melhor em minha vida. Sinto esta noite saudades de casa como um rapazinho! Pensar que lá longe você está andando e falando, e que nós poderíamos estar juntos, e que eu não aproveito sua ternura e não sou nem mesmo um apoio para você!

É verdade que estou triste até as lágrimas esta noite. É verdade que você é a única consolação, quando se está triste. Quando eu era um rapazinho, voltava com minha grande pasta nas costas, soluçando por ter sido castigado, você se lembra, em Mans – e só com um beijo você fazia com que tudo fôsse esquecido. Você era um apoio todo poderoso contra os fiscais e os regentes de disciplina. Nós nos sentíamos em segurança em sua casa, estávamos em segurança em sua casa, só éramos alguma coisa por sua causa, e isso era bom.

Pois bem, agora é a mesma coisa, você é que é o refúgio, você é que sabe tudo, que faz esquecer tudo e, querendo ou não, eu me sinto um meninozinho.

Mamãe, deixo-a. Tenho trabalhado a mais não poder. Vou respirar uma última brisa pela janela. Há sapos que cantam como em Saint-Maurice, mas como cantam menos bem!

Beijo-a com tôda ternura.

Seu filho crescido,

Antoine.

Amanhã, no avião, vou seguir pelo menos por cinqüenta quilômetros em direção de sua casa, para imaginar que estou indo para lá.

33.

Paris, 70 bis, avenida Ornano, 1923

Minha mãezinha,

Vou vivendo tristemente em um sombrio hotelzinho, 70 bis, avenida de Ornano.[1] Não é nada divertido. Além de tudo, o tempo está sinistro. Tudo isso seria verdadeiramente lúgubre se. . .

Não lhe escrevi há mais tempo porque esperava uma novidade magnífica para dar-lhe, e como nada estava decidido, não queria

[1] Êle é, nesta época, controlador de produção numa fábrica de telhas.

escrever dando falsas esperanças. Mas agora tudo parece mais ou menos seguro. Acho que você ficará louca de alegria.

Tenho em vista uma nova colocação. É no comércio de automóveis, e terei:

1.º Fixo: 12.000 por ano;

2.º Comissão: cêrca de 25.000 por ano.

Ou seja, entre 30.000 e 40.000 por ano, e além disso um pequeno automóvel em que poderemos passear, nós e Monot também. Só terei certeza na próxima semnana e, neste caso, chegarei aí talvez sexta-feira, para uns oito dias. Será uma vida exterior e independente. Seria minha primeira alegria desde há um ano. Ficarei indefinidamente feliz; você também.

Meu hotel, por outro lado, desagrada-me muito e não sei como me alojar.

O único ponto desagradável desta situação é que devo fazer um estágio de dois meses na fábrica, para passar, como operário, por todos os serviços, a fim de estar inteiramente a par de tudo. Ainda não sei se êsses dois meses são pagos. Mas serei depois um gordo senhor rico.

Fui, na noite de ontem, com Priou, à casa de Mapie, que se tornou, pelo casamento com Hennesy, embaixatriz de França... Ela me apresentou a mil pessoas importantes como um "escritor de grande talento"!

Quando Simone chegará? Sinto muita falta dela. Diga-lhe que passearemos neste inverno em um encantador carrinho.. E que, se eu tiver um apartamento, convidá-la-ei para jantar (é pena que eu não tenha mais o de Priou).

Minha mãezinha, escrever-lhe-ei quarta-feira sôbre o que ficar decidido a respeito desta imensa, imensa esperança que parece tomar corpo. Se puder, responder-lhe-ei logo; se não, você passará por Paris, não é?

Beijo-a de todo o coração e com todo amor.

Antoine.

34.

Paris, 22, rua Vivienne, outubro 1923

Minha mãezinha,

Tenho tido tanto trabalho, e um trabalho tão maçante, que não lhe escrevi. Sinto remorsos. Estou aqui sob o pequeno abajur que você me deu e que me envolve numa luz tão doce. Sinto-me imensamente triste por saber que você está sofrendo.

Está melhor? Minha pobre mãezinha, eu me sentia tão orgulhoso ao vê-la em Saint-Maurice, você tinha arrumado tudo tão maravilhosamente, soube construir admiràvelmente a felicidade de seus dois filhos. Amei-a tanto, sem saber demonstrá-lo! Minhas pobres preocupações me fecharam tanto em mim mesmo nestes últimos tempos! Sei muito bem que deveria ter tôda confiança em você e contar-lhe todos os meus aborrecimentos para que você me consolasse como quando eu era rapazinho e lhe confessava tôdas as minhas infelicidades. Sei que você ama muito a êste seu terrível filho. Não me queira mal por eu me ter mostrado irritado, passei por maus momentos. Agora, consegui dominar-me. Sou um homem corajoso. Se você vier a Paris, procurarei ser o melhor dos filhos. Você ficará em meu quarto, estará assim mais bem acomodada, e eu virei à noite buscá-la jantaremos os dois a sós contar-lhe-ei histórias engraçadas que aprendi só para isso, e você ficará contente. E depois, você é que fará a minha felicidade. Não sei por que razão eu venho teimando em ocupar-me dela sòzinho. Só você arranjará tudo. Deixo tudo em suas mãos, você é que falará aos podêres superiores, e tudo irá bem. Sinto-me como um rapazinho agora, refugio-me junto de você. Lembro-me de quando você ia ver o diretor, e me livrava das dificuldades; você iria ver o diretor... Minha mãezinha, você é uma porção de coisas.

Minha mãezinha, você ficou contente em Saint-Maurice, desempenhei bem meu papel de irmão?... Sentia-me um pouco emocionado. E sentia-me tão emocionado por você também... Era o apogeu de sua obra. Você causou muita felicidade.[1]

Minha adorável mamãe, perdoe-me todos os sofrimentos que lhe causei.

Levarei você para ver uma peça extraordinária. Acabo de vê-la esta noite, convidado por Yvonne: *La maison avant tout,* de Pierre Hamp. Você gostará.

Boa noite, minha mãezinha. Escreva-me. Não deixe de amar-me,

Antoine.

35.

Paris, 70 bis, avenida Ornano, 1923

Minha mãezinha,

Obrigado de todo coração, você é um amor. Suas frutas em conserva trazem consigo o sol. Ainda não vi as meias, mas já estremeço, pois você gosta das escandalosas...

[1] Alusão ao casamento de Gabrielle de Saint-Exupéry com Pierre d'Agay.

Estou um pouco cansado, mas trabalho como um escravo. Minhas idéias sôbre o caminhão em geral, que eram vagas, estão adquirindo precisão e clareza. Acho que estarei daqui a pouco apto a desmontar um sòzinho.

Minha mãezinha, você virá morar comigo em Paris quando eu fôr um senhor importante? Meu quarto é tão triste, e eu não tenho coragem suficiente para separar meus colarinhos e sapatos...

Meu romance anda meio abandonado, mas estou progredindo interiormente de maneira considerável, através de uma observação constante que impus a mim mesmo.[1] Armazeno.

Enfim, dentro de um mês, talvez menos, terei alguma folga e uma vida ativa. (Entretanto, minha vida atual não me aborrece nem um pouco.)

Preciso pensar em meu automóvel. Seria possível abrir logo para mim uma conta no Crédit Lyonnais, como você propôs? Mas mamãe, em Saint-Maurice falamos em 20.000, o que era exatamente o necessário; entretanto, será preciso que eu me previna (o automóvel), que mande fazer roupas, pois, fora a roupa a rigor e o capote, os outros são da época de minha desmobilização. Enfim, meu primeiro mês de viagem só será pago no fim. E talvez seja necessário que eu mude de hotel!

Mas você não nos deve *um só centavo.* Envie-me o que quiser. Quanto mais cedo, maior será a economia, pois Suresnes me arruina em táxis, quando me acordam demasiado tarde.[2]

Mamãe, espero que um dia eu possa também ajudá-la e pagar-lhe um pouco tudo isto. Você deve ter confiança em mim. Trabalho como um escravo.

Beijo-a ternamente, com todo amor,

Respeitosamente, seu filho,

Antoine.

36.

Paris, 1923

Minha mãezinha,

Muito obrigado por seu cheque. Minha situação está muito, muito difícil; com a mudança, gorjetas múltiplas à arrumadeira, à zeladora, etc., transporte de meus livros, da mala, cantina e, além de tudo, trezentos francos para o dentista, que não me quis dar

[1] Primeira obra impressa de Antoine: *L'Aviateur,* narração que será publicada em 1926, no *Le Navire d'Argent,* de Adrienne Monnier.

[2] A fábrica em que êle trabalha está situada em Suresnes.

crédito. Estou terrìvelmente embaraçado. Será muito difícil ir ver Biche.

Há um caminho aberto para mim: o jornalismo. Mas não tenho um só segundo para fazer reportagens, ai... e o sujeito que conheço só pode aceitar artigos para o título "Informação", no *Matin*.

Irei talvez para a China, na primavera ou neste inverno, pois estão precisando de pilotos; poderei talvez dirigir lá uma escola de aviação. Será uma situação pecuniária magnífica. Por enquanto, faço o que posso.

Meu escritório está cada vez mais triste e minha melancolia persiste sorrateiramente. É uma das razões por que eu gostaria de viajar.

Tia Anaïs deve estar em Saint-Maurice; que maravilha! Quando pensa você em voltar para lá, mãezinha? Gostaria de lá revê-la e passar alguns dias tranqüilos. Se eu fôr para China, terei talvez antes um mês de liberdade.

O tempo está ruim. Apesar disso, fui pilotar em Orly, domingo. Foi um belo vôo. Mamãe, adoro êsse trabalho. Você não pode imaginar a calma, a solidão que a gente encontra a quatro mil metros, frente a frente com seu motor. E depois, essa encantadora camaradagem lá embaixo, na terra. Dorme-se deitado na relva, esperando sua vez. Seguimos com os olhos o companheiro cujo avião esperamos, e contamos casos. Todos maravilhosos. São panes no campo, vilazinhas desconhecidas onde o prefeito emocionado e patriota convida os aviadores para jantar... e aventuras de contos de fadas. São quase tôdas inventadas na hora, mas todo mundo se maravilha e, quando chega a vez de a gente decolar, vai-se romântico e cheio de esperança. Mas não acontece nada... e a gente se consola na aterrissagem com um cálice de Pôrto, ou contando: "O motor estava esquentando, meu velho, tive mêdo..." Esquentava tão pouco, êsse pobre motor... A metade de meu romance, mamãe, está pronta. Acredito verdadeiramente que é nôvo e conciso.

A vida com Priou é adorável, pois êle tem o melhor gênio do mundo. Infelizmente, temos de entregar em 15 de outubro o apartamento, e será preciso procurar outro. Temos dois em vista. Espero que as despesas não sejam muito elevadas — (o aluguel felizmente é bastante razoável) — você me dará alguns móveis e lençóis?

Quem está em Saint-Maurice? Onde está Vovó?

Minha mãezinha, beijo-a de todo coração. Espero que você descanse, enfim. Diga a Mimma que lhe escreverei, que ela deve perdoar meu silêncio, pois andei meio aborrecido, e perdoar-me também por não ter podido assistir ao batizado.

Respeitosamente, seu filho,

Antoine.

37.

Paris, 1923

Minha mãezinha,

Pretendia firmemente ir às aleições, mas depois tive uma oportunidade única de tirar fotografias de avião, justamente naquele domingo. E foi o que fiz: gostaria de chegar a formar uma pequena coleção de fotografias aéreas para fábricas de que serei o chefe, e estou dando os primeiros astuciosos passos nessa direção. Não podia perder essa oportunidade.

Atualmente, passo meus dias na feira de Paris, onde dirijo uma pequena barraca. Meus amigos vão visitar-me e discuto com centenas de visitantes, com ar grave e digno. Você riria ao ver-me lá.

Os Jacques embarcaram seu herdeiro,[1] que partiu sem grande entusiasmo. Isso lhe fará bem. Nada me agradou tanto quanto esta vida de soldado de segunda classe e esta camaradagem simpática com mecânicos e rufiões. Gostei até daquela prisão onde cantavam canções lúgubres.

Meu romance amadurece página por página.[2] Penso ir aí nos princípios do próximo mês e mostrá-lo a você; julgo-o inteiramente nôvo. Acabo de escrever as páginas que creio serem as melhores.

Minha mãezinha, você recebeu meus amigos de uma maneira tão deliciosa que fiquei emocionado. Perdoe-me por não ter agradecido melhor.

Minha saúde é boa, meus amigos encantadores. Sou verdadeiramente abençoado pelos céus por ter amigos semelhantes. Gostaria muito de ter um apartamento para recebê-los, estar em casa e criar uma doce amizade. Mamãe, não posso mais viver neste quarto úmido onde não me sinto em casa.

Faz muito calor também, é uma outra desgraça. Como pode você amar o sol? Mamãe, todo mundo transpira, é horrível.

Tia Anaïs, gorducha e otimista, almoça comigo tôdas as quartas-feiras. Fazemos a ronda dos restaurantes de Paris. Levo-a a pequenos bares, ela sente-se feliz nêles, falamos de política, de literatura, de coisas mundanas. Parecemos dois namorados.

Eis aí, minha mãezinha. Gostaria de dizer-lhe ainda que achei Saint-Maurice esquisito, outro dia, e fiquei aflito para partir. Procurarei tirar minhas férias ao mesmo tempo que sua filha Didi. Gostaria também muito que você me enviasse cerejas, uma caixa

[1] François de Fonscolombe, filho de Jacques de Fonscolombe, primo irmão de Antoine, acaba de partir para fazer o serviço militar.
[2] *Courrier Sud.*

grande. É possível? Isso me daria tanto prazer! Mamãe, meus amigos estão muito comovidos por terem sido recebidos como foram.

Beijo-a ternamente,

Amo-a muito, mamãe.

Antoine.

38.

Paris, 1923

Minha mãezinha,

É provável que eu receba bastante dinheiro no comêço do próximo mês, de modo a poder ir passar um domingo em Saint-Maurice; isto certamente não me cansará e sentir-me-ei feliz de rever você, a Biche e a casa. Você me escreveu uma carta tão terna, mamãe; é verdade que eu não fui eu mesmo durante muito tempo. Vivi uma vida tão incerta, tão pouco segura, durante êstes oito meses. Não me queira mal por isto.

Agora, tudo vai perfeitamente bem. Meu trabalho não é demasiado aborrecido e tenho alguns projetos em andamento. Trabalho também aos pouquinhos em meu romance que enche Louis[1] de admiração.[2]

Didi devia escrever-me; é verdade que não respondo, mas isso não tem importância, porque não tenho ainda muita coisa para contar, ainda terei... Que foi feito dela?

Intimidade encantadora em casa de Priou com uma porção de velhos amigos. Yvonne, entretanto, está no Sul há um mês. Acho que voltará em breve.

Você não se aborrece muito aí, mamãe? Por que não volta para a casa de Didi, para pintar e aquecer-se? Felizmente há um pouco de sol nestes últimos dias e talvez você não sinta frio demais.

Você me propõe quitar meu capote? O prazo é até o fim do mês. Você saldará a divida? Em todo caso, se o negócio que espero realizar nos primeiros dias de abril der certo, pagar-lhe-ei tudo quando chegar aí, pois não quero custar-lhe mais nada, nunca, mas na verdade, atualmente, estou na miséria e não sabia como pagar.

Deixo-a, mãezinha, beijando-a com amor.

Respeitosamente, seu filho,

Antoine.

[1] Louis de Bonnevie.

[2] Trata-se ainda de *Courrier Sud.*

39.

Paris, 1923

Minha mãezinha,

Mamãe, aconteceu uma coisa horrível a Mapie. Você precisa escrever-lhe um bilhete. Ela acabou de perder a filhinha de sete meses. Seu marido acabava de partir para a América, onde vai passar três meses. Ela partiu também para encontrar-se com êle lá. Far-lhe-á bem receber uma palavra gentil e simples, das que você sabe tão bem dizer. Ela me ajudou de verdade e com muito tato em momentos difíceis. Faça-o por mim.

Encontrei um velho amigo de colégio, oficial da marinha, que se tornou um sujeito de grande cultura; viu, compreendeu e julgou muita coisa. É para mim um recurso maravilhoso. Vamos juntos ver as coisas do domínio da arte, peças ou exposições, e discutimos. Êle tem uma clareza de idéias gerais enorme, sã e vivificante. Sinto-me contente

Simone crê e progride nas vias do Senhor. Foi a primeira em composição.[1] E não era a única a compor. Depois disso, não se levanta mais antes de meio-dia.

Estou bem contente de saber que Mimma está melhor. Meu conto[2] e o dela[3] esperam pelo fim de meu estágio para serem dactilografados, pois bastam-me treze horas de trabalho por dia; mas diga a ela que não demorará.

Beijo-a

Antoine.

40.

Paris, 1923

Minha mãezinha,

Desejo-lhe um ano um pouco feliz, o que não é exigir muito do céu!

Seria uma alegria enorme para mim rever você, o Sul, Didi, Mimma... sobretudo você — e, por outro lado, não é nada agradável ter de pagar, no dia 1.º, duzentos e cinqüenta francos de alugel e cinqüenta francos que devo, o que me deixará com cinqüenta francos no bôlso. Juro-lhe, mamãe, que desta vez ajo com

[1] Simone de Saint-Exupéry prepara-se nesta época para a Escola de Chartres.

[2] *L'Aviateur.*

[3] *Les Amis de Biche.*

juízo e faço um enorme sacrifício, pois sinto remorso de viver assim às suas custas e posso pelo menos evitar-lhe as despesas dessa viagem.

Mas sinto-me bem triste. E será pior depois que eu resolver definitivamente não ir, o que ainda não tive coragem de fazer. Mas, minha pobre mamãe, se eu fôsse, teria de pedir-lhe de nôvo dinheiro no dia de voltar, pois, de qualquer maneira preciso viver, enquanto que, com o que você enviou, pelo menos meu quarto será pago! E seria desagradável ter de pedir-lhe.

Minha mãezinha, fico muito aborrecido por não ser capaz de me manter desta maneira — e então acho que seria pouco decente gastar êstes trezentos e cinqüenta francos apenas para satisfazer meu desejo e passar dois dias com vocês.

Beijo-a com tôda ternura.

Respeitosamente, seu filho,

Antoine.

41.

Paris, 1923

Minha mãezinha,

Yvonne me levou de automóvel a Fontainebleau. Foi um passeio maravilhoso. Jantei em casa de Ségogne.[1]

...X voltou para Marrocos. Eis os frutos de minha edução: Escreveu-me o seguinte:

"...Compreendi bem tudo que você me disse. Tanto o que você me ensinou quanto o que eu já sentia confusamente em mim e você esclareceu, porque você sabe pensar e exprimir o pensamento clara e simplesmente, etc...

"...Pensando no bem que você me fêz e nos progressos que fiz graças a você, eu... etc...

"..Ainda outro dia, conversando com você, diversas vêzes senti quanto trabalho teria de realizar se desejasse elevar-me e ver o mundo de seu plano... etc...

"...Se você soubesse como o admiro, tanto pelo trabalho que você realizou como pelo resultado.. etc..."

Fiz dêle, de certo modo, um ser humano, ligando-o ao mundo exterior. Estou bastante orgulhoso com o sucesso de minhas idéias sôbre a educação do pensamento. Aceita-se tudo, menos isto. A gente aprende a escrever, a cantar, a falar bem, a emocionar-se, nunca a pensar. E as palavras nos conduzem, e elas deturpam até

[1] Henry de Ségogne.

mesmo os sentimentos. Mas eu quero que êle seja humano e não livresco.

Tenho observado que as pessoas, quando falam ou escrevem, abandonam imediatamente qualquer pensamento para tirar deduções artificiais. Utilizam-se das palavras como de uma máquina de calcular de onde deve sair a verdade. É uma tolice. É preciso aprender não a raciocinar, mas a não raciocinar. Não há necessidade de uma sucessão de palavras para compreender alguma coisa; caso contrário, elas falseiam tudo; nós confiamos nelas.

Tôda a minha pedagogia se define, e utilizo-a em meu livro. É o drama interior de um sujeito que emerge. A devastação do princípio precisa ser brutal. É necessário, em primeiro lugar, desnudar o aluno, para provar-lhe que êle não é nada, como X...

Detesto estas pessoas que escrevem para divertir-se, que procuram causar sensação. É preciso ter alguma coisa a dizer.

Ensinei, pois, a X... como as palavras que êle alinhavava eram artificiais e inúteis, e que o defeito não era ausência de trabalho, o que é fácil de corrigir, mas um defeito profundo em sua maneira de ver, na base de tudo, e que era preciso que êle reeducasse não seu estilo, mas tudo nêle — inteligência e visão — antes de escrever.

A princípio, êle ficou aborrecido consigo mesmo, o que é uma sadia higiene, pela qual também passei; depois, acabou por compreender que a gente pode ver e compreender de outra maneira, e agora pode vir a ser qualquer coisa. Êle tem por mim um reconhecimento lisonjeiro...

Deixo-a, está na hora.

Beijo-a de coração e com todo amor.

Respeitosamente, seu filho,

Antoine.

42.

Paris, princípio de 1924

Minha pobre mãezinha,

Estou terrìvelmente inquieto com o que me escreveu Didi, julgava que não era nada grave; você quer que eu vá aí? Posso partir sábado, principalmente porque tenho a intenção de deixar meu emprêgo e voltar a trabalhar com o sujeito dos seguros, e precisarei passar alguns dias em Lyon para organizar um negócio.

Como esta doença se declarou tão brutalmente?[1]

Se você quiser que eu vá, basta enviar-me um bilhete. Quanto ao camaleão de Biche, enviá-lo-ei de qualquer maneira sábado, se não fôr levá-lo eu mesmo.

Deixo-a, mamãezinha, beijando-a de todo coração, como também a Mimma, Didi, e Simone,

Antoine.

43.

Paris, princípio de 1924

Minha mãezinha,

Recebi sua carta um pouco tranqüilizadora, na mesma noite em que Simone me telefonara dando más notícias. Ia telegrafar-lhe. Mas estou um pouco menos inquieto, felizmente.

Quando pensa você, minha pobre mãezinha, em repousar um pouco? Não pretende ir a Agay ou vir aqui por alguns dias? O tempo não está muito bom, mas mesmo assim...

Escrevo-lhe de meu escritório. Examino os papéis de meus futuros clientes. Partirei êste mês para minha viagem a Montluçon e o resto da região. Espero conseguir sucesso nos negócios. Minha fábrica é ótima para mim e se eu soubesse de você estar mais calma e Mimma melhor, sentir-me-ia completamente feliz. Mas é demasiado triste pensar em você tão inquieta.

Fui pilotar domingo em Orly (e desde então, estou quase surdo de um ouvido — mas já estou melhorando). Quando eu fôr rico, terei um pequeno avião e irei visitá-la em Saint-Raphael.

Jantei ontem em casa dos Jacques. São os melhores corações do mundo. Uma russa leu lá minha sorte nas cartas, predisse-me um casamento próximo com uma jovem viúva que conhecerei antes de oito dias. Eis-me bastante intrigado!

Adeus, minha mãezinha, beijo-a de todo coração e com todo amor, como também a Mimma.

Respeitosamente, seu filho,

Antoine.

[1] Marie-Madeleine de Saint-Exupéry, irmã de Antoine, morrerá dois anos mais tarde. Ela é autora de um conjunto de narrações sôbre as flôres e os animais, publicado em 1927 pela Livraria Lardanche de Lião, com o título: *Les Amis de Biche.*

44.

Paris, 70 bis, avenida Ornano, 1924

Minha mãezinha,

Estou muito contente. Tenho, sem dúvida, um ótimo negócio em vista. Examinei os papéis dos três departamentos que me atribuíram (Allier, Cher, Creuse), e o Saurer é muito apreciado nêles. Isto encaminha bem meu negócio.[1]

Enfim, meu estágio, não aborrecido, mas fatigante e absorvente, chega ao fim. A partir de amanhã, passo para o último serviço — consertos e serviço comercial — estou em ótimos têrmos com todo o estabelecimento e com os companheiros representantes, que são encantadores e serviçais. Enfim, estou livre de preocupações por tôda a vida.

Sinto um pequeno, pequenino desejo de casar-me, mas não sei com quem. E depois, tenho uma grande provisão de amor paternal. Gostaria de ter pequenos Antoines...

Em todo caso, se encontrar uma jovem que valha a pena, estou agora, em uma situação que me permite pedi-la em casamento.

Quanto à saúde, estou como a Pont Neuf. Sob êsse ponto de vista, meu estágio foi uma cura. Não fui feito para um escritório de dois metros quadrados.

Mamãe, tenho também uma alegria na vida: tenho amigos tão formidáveis para mim que você nem pode imaginar. Todos, neste momento, sofrem de uma epidemia de simpatia. Bonnevie me procura sempre. Sallès escreve-me cartas de uma amizade tão profunda que me emocionam. Ségogne é um anjo. Os Saussine, anjos protetores, e não falo em Yvonne e Mapie...

Beijo-a,

Antoine.

45.

Paris, 1924

Cara Didi,

Obrigado pelo retrato que Simone me entregou esta manhã. Êle alegra um pouco meu quarto de hotel. Espero poder mais tarde dar-lhe o mesmo presente. Sinto uma certa vontade de casar-me e ter filhos tão encantadores quanto o seu. Mas é preciso outra pessoa, e até o presente só conheci uma mulher que me agradou.

[1] Propuseram a Antoine ser representante dos caminhões Saurer.

Estou muito contente com minha fábrica, e ela comigo. Se vender alguns caminhões, irei de automóvel, no verão, passar alguns dias em Agay. Passearei um pouco com você pelo Sul. Vou começar por um Citroen, mas empregarei o primeiro dinheiro que ganhar em trocá-lo por um veículo mais rápido: isso talvez me consolará do avião.

Tenho novamente a esperança de obter um pequeno apartamento. Nesse caso, não lhe perdoarei se você não vier passar alguns dias em Paris com seu marido e seu filho.

Você deve desculpar-me se não lhe escrevo com mais freqüência, mas você está tão longe... Não conheço nem sua casa, nem sua vida, nem seu filho (apenas um pouco). Vi você oito dias em dois anos (...)

Por isso, evidentemente, não existe mais a mesma intimidade. Mas amo-a do mesmo modo, com todo meu coração.

Simone voltou apaixonada por seu filho. Objetei-lhe que êle é muito nôvo ainda e, além disso, entre tia e sobrinho, não é conveniente (...)

(...) Simone se interessa com paixão pelos manuscritos da Idade Média. Trabalha como uma escrava. Sempre a mesma, esta pequena.

Quanto a mim, parto esta semana por quinze dias para o Norte, a fim de me pôr mais a par do serviço na região de um companheiro. Faremos 150 quilômetros de automóvel por dia. Não será desagradável.

Levo uma vida filosófica. Vejo o mais possível meus amigos. Tenho alguns formidáveis. Isso me consola.

E espero encontrar alguma jovenzinha bem bonita e bem inteligente, e cheia de encantos, e alegre, e repousante, e fiel, e... assim não a encontrarei.

E faço côrtes monótonas a Colettes, Paulettes, Suzys, Daisys, Gabys, que são feitas em série e cansam no fim de duas horas. São como salas de espera.

Eis aí...

Adeus, Biche. Beijo-a com amor.

Teu velho irmão,

Antoine.

46.

Paris, 1924

Minha mãezinha,

Eis-me de volta a Paris, 70 bis, avenida Ornano. Passando de nôvo por Montluçon,[1] encontrei suas duas cartas que me esperavam. Você é uma mãezinha formidável. Queria ser um filho como você.

[1] Sede da sua representação dos caminhões Saurer.

Minha mãezinha, quando, em minha viagem silenciosa — quinze dias, inteiramente sòzinho — vou buscar minha correspondência na posta restante, acho que carta nenhuma me daria tanto prazer como as suas. Fui lê-las num pequeno restaurante provinciano, enquanto esperava outro trem. Mamãe, preciso dizer-lhe como a admiro e amo, embora o expresse pouco e mal. Um amor como o seu é de uma tal firmeza que acho que é preciso muito tempo para compreendê-lo. Mamãe, é preciso que eu o compreenda melhor cada dia, e que você receba a recompensa de sua vida dedicada a nós. Tenho-a deixado demais na solidão. É preciso que eu me torne um grande amigo para você.

Vi uma porção de cidadezinhas provincianas, com trenzinhos minúsculos e pequenos cafés onde se jogava baralho. Sallès veio ver-me em Montluçon no domingo, que sujeito formidável! Fomos juntos ao "dancing" hebdomadário, baile de subprefeitura; as mães de família faziam roda em tôrno de suas "jovens", que dançavam em rosa ou azul com os filhos dos comerciantes. Conheci um formidável violinista que tocou outrora no concêrto Colonne, mas trabalha em silêncio em Montluçon. Sallès e eu ficamos encantados com êle.

Conheci também êsse tipo de sujeito que se retirou para o interior por causa de uma morte, não faz mais nada, não lê mais nada. S... chamou-os de suicidados. Jogamos xadrez e êle me levou a sua casa, em uma desordem inconcebível. É pena, êle fazia bons quadros. E os seus?

Beijo-a de coração, mamãe; venha ver-me.

Antoine.

47.

Posta Restante, Montluçon (Allier), 1924

Minha mãezinha,

Eis-me nesta sossegada cidade de Montluçon. Uma cidade que encontrei adormecida às nove horas da noite. Começo amanhã meu trabalho, espero que tudo corra bem, embora os negócios estejam um pouco parados.

Não me queira mal por causa de minha carta a Didi, foi escrita sob a influência de um profundo desânimo. Quanto às mulheres de que você me fala, são como amigos. Já não posso suportar o fato de não encontrar o que procuro em algum lugar e fico sempre decepcionado quando descubro que uma mentalidade que eu achava interessante é apenas um mecanismo fácil de decifrar; fico desgostoso.

E quero mal a essa pessoa. Elimino uma porção de pessoas e uma porção de gente, é mais forte que eu.

Tenho em minha frente, no salãozinho dêste pequeno hotel provinciano, um enfatuado magnífico que perora — um um castelão do vinho, acho. É idiota e inútil, e faz barulho. Também não posso suportar essa espécie de gente, e se me casar com uma mulher que ame êste mundo, serei o mais infeliz dos homens. Será preciso que ela só ame as pessoas inteligentes. Fui à casa dos Y e Cie tornou-se--me completamente impossível, não posso mais abrir a bôca lá. É preciso que me ensinem alguma coisa.

O que eu lhe disse de X... não pode ter aborrecido você. Não tenho nenhuma estima por essa falsa cultura, essa mania de procurar todos os pretextos falsificados de emoção, todos êsses lugares-comuns do sentimento, sem nenhuma curiosidade real e enriquecedora. Recordar de um livro ou de uma visão só o que impressiona, o que pode ser estilizado. Não gosto das pessoas que sentem emoções cavalheirescas quando se vestem, para baile de máscaras, de mosqueteiros.

Mamãe, tenho amigos que me conhecem bem melhor que êles e que me adoram e a quem eu retribuo. É bem uma prova de que valho alguma coisa. Para a família, sou um ser superficial, tagarela e gozador, eu, que só procuro no prazer qualquer coisa para aprender e não tolero as *boîtes*, eu, que quase não abro a bôca, porque as conversas inúteis me aborrecem. Nem mesmo quero fazê-los ver a verdade, é bem supérfluo.

Sou tão diferente do que pude ser! Basta-me que você o saiba e que me estime um pouco. Você leu minha carta a Didi sob um ângulo falso. Era desgôsto e não cinismo. Quando a gente está cansado, fica assim à noite. Tôda noite faço o balanço de meu dia; se foi estéril como educação pessoal, sou mau para os que me fizeram perdê-lo e em quem eu depositara confiança.

Também não me queira mal por quase não escrever. A vida cotidiana tem tão pouca importância e se parece tanto! A vida anterior é difícil de dizer, é uma espécie de pudor. É tão pretencioso falar dela! Você não pode imaginar até que ponto só ela tem valor para mim. Isto modifica todos os valores, mesmo o modo de julgar os outros. Um sujeito "bom" me é indiferente, se tem apenas uma ternura fácil. É preciso que me procurem tal como sou no que escrevo e que é o resultado escrupuloso e meditado do que penso e vejo. Então, na tranqüilidade de meu quarto ou de um bar, posso colocar-me frente a frente comigo mesmo, evitar qualquer fórmula ou truque literário e exprimir-me com esfôrço. É quando me sinto honesto e consciencioso. Não posso mais tolerar o que procura impressionar e falseia o ângulo visual para agir sôbre a imaginação. Uma porção de autores que amei, porque me proporcionaram um prazer de espírito demasiado fácil, como certas melodias de café-concêrto que enervam, desprezo-os verdadeiramente. Também você não pode pedir-me mais que escreva cartas todos os dias do ano.

Mamãe, sou, antes de tudo, duro comigo mesmo e tenho bem o direito de renegar nos outros o que renego ou corrijo em mim. Não tenho mais nenhuma vaidade de pensamento, que faz com que a gente se interponha entre o que vê e o que escreve. Como quer você que eu escreva que tomei um banho... ou que jantei com os Jacques. Sinto-me totalmente indiferente sob êste ponto de vista.

Amo-a verdadeiramente, do fundo do coração, minha mãezinha. Perdoe-me por não estar fàcilmente na superfície e permanecer no interior. A gente é aquilo que pode ser, o que é às vêzes até um pouco pesado. Há bem pouca gente que pode dizer que recebeu de mim uma confidência verdadeira e que me conhece um pouco. Você é, na verdade, quem mais sabe a meu respeito e quem conhece um pouco o outro lado dêste sujeito tagarela e superficial que mostro a Y... porque é quase uma falta de dignidade mostrar-se a todo mundo.

Beijo-a bem do fundo do coração, mamãe,

Antoine.

48.

Paris, 1925

Minha mãezinha,

Estou com os dedos gelados de dirigir automóvel. É meia noite. Acabo de atirar o chapéu sôbre a chama e sinto todo o pêso de minha solidão.

Encontrei agora mesmo sua carta, ao entrar. Ela me faz companhia. Pode acreditar, mamãe, que, mesmo quando a gente não escreve, mesmo se se é um mau sujeito, nada vale a sua ternura. Mas são coisas inexprimíveis e que eu nunca soube dizer; mas é tão interior, é tão seguro, contínuo. Amo-a como jamais amei outra pessoa.

Fui ao cinema com Ascot. Um mau filme de sentimentos falsos, sem continuidade subterrânea. Isso me desgosta, e também, simplesmente, encontrar a multidão à noite; mas é porque estou sòzinho.

Estou em Paris por pouco tempo, por causa de uma atrapalhação no automóvel. Cheguei aqui mais ou menos como um explorador que desembarca na África. Telefono. Recenseio minhas amizades. Um está ocupado, outro ausente. A vida dêles continua, eu chego. Então, chamo Ascot, que leva uma vida solitária, e vamos ao cinema. Só isto.

Mamãe, o que peço a uma mulher é que apazigúe esta inquietude. É por isso que a gente tem tanta necessidade delas. Você não pode saber como a gente se sente pesado e sente a juventude inútil. Você não pode saber o que uma mulher pode dar, o que ela poderia dar.

Estou muito sòzinho neste quarto.

Não pense, mamãe, que sinto uma melancolia intolerável. Sempre acontece isto quando abro a porta, tiro meu chapéu e vejo que um dia findou e me fugiu por entre os dedos.

Se eu escrevesse todos os dias, seria feliz, porque ficaria alguma coisa.

Nada me encanta mais do que ouvir dizerem: "Como você é jovem", porque sinto uma grande necessidade de ser jovem.

Apenas não gosto das pessoas satisfeitas com a felicidade, como S... e que não se desenvolvem mais. É preciso ser um pouco inquieto para ler ao redor de si. Então, tenho mêdo do casamento, que depende da mulher.

Uma multidão que a gente atravessa está assim mesmo carregada de promessas. Mas ela escapa e depois, a de que a gente necessita é feita de vinte mulheres. Exijo demais dela, para não sufocar logo em seguida.

Lá fora está um frio glacial. A luz das vitrinas é dura. Acho que se poderia fazer um filme bem bonito com estas impressões de rua. Os que fazem cinema são uns cretinos. Não sabem ver. Nem mesmo compreendem o próprio entusiasmo. Quando penso que basta mostrar dez rostos, dez movimentos, para transmitir impressões densas... mas êles são incapazes desta síntese e fazem apenas fotografias.

Mamãe, eu queria ter coragem de trabalhar. Tenho muita coisa a dizer. Mas, à noite, odeio-me pelo dia que passou e durmo.

Vou partir de nôvo logo, não sei quando; talvez troque meu automóvel.

Beijo-a com tôda ternura. Não estou "entre duas águas", mas de qualquer maneira você pode me abençoar.

Antoine.

49.

Toulose, princípio de 1926[1]

Minha mãezinha,

Pedi-lhe dinheiro porque estou realmente aborrecido de estar na iminência de partir sem um centavo.

Pedi-lhe também que não viesse agora porque seria uma tolice se nos desencontrássemos.

1 Antoine acaba de entrar na Companhia Latécoère, cuja sede é em Toulouse. Será pilôto linha Toulouse-Dakar.

Mais eis o que você fará dentro de quinze dias: fará uma provisão de tintas e telas e virá encontrar-se comigo em Toulouse; previna-se também com grossos cachecóis e um regalo. Levá-la-ei a Alicante, que é uma cidadezinha longínqua de Espanha (são necessários oito dias para ir lá por terra). Lá, você se instalará na pensão dos aviadores ou em qualquer outra semelhante que lhe oferecerei. Descansará uns quinze dias ao sol e pintará belos crepúsculos sôbre o mar. De três em três dias passarei a tarde com você e um dia, quando você estiver satisfeita, trá-la-ei de volta à França. Providencie desde já um passaporte para a Espanha (dirija-se à Prefeitura).

Aborreço-me um pouco, fora isso tudo vai bem.

Beijo-a com tôda ternura e amor,

Antoine.

50.

Toulouse, princípio de 1926

Minha mãezinha,

Partirei qualquer dia dêstes para Marrocos, não venha, pois; posso partir sem aviso prévio amanhã, a qualquer momento.

Pedi emprestado 1.000 francos, mas tive grandes despesas. Aluguel para pagar adiantado, provisões para vôo, etc. Se você puder enviar-me por telegrama 1.000 francos, pagar-lhe-ei no fim do próximo mês (tive nesse inverno 4.000 francos por mês). Se você não puder mandar isso, mande o que puder. Posso embarcar *amanhã mesmo*. Ou posso ir também daqui a cinco ou seis dias, mas preveniram-me que devia ficar pronto. E ficarei bem embaraçado em Marrocos com os cem francos que me sobram...

Fiz ótimos treinos e por enquanto recepciono os aviões em Toulouse. Os companheiros são formidáveis e espirituosos.

Escrever-lhe-ei com mais vagar amanhã, pois estou com muito sono. Voei demais. Parei aqui cinco minutos para escrever-lhe êste bilhete, pois estou um pouco afobado com a idéia de partir sem dinheiro. Pensava ficar aqui por um mês.

Beijo-a com ternura.

Até amanhã,

Antoine.

51.

Toulouse, 1926

Minha mãezinha,

Parto pela madrugada para Dakar, sinto-me bem feliz. Levo um avião até Agadir e de lá continuo como passageiro. Escrevi-lhe duas cartas e não recebi resposta, mas espero que você tenha escrito para lá. Sua carta me acolherá.

É uma viagenzinha de cinco mil quilômetros...

Minha mãezinha, estou bem triste por deixá-la, mas você vê, estou conseguindo uma situação sólida. Espero voltar para você como um homem pronto para casar. De qualquer maneira, terei uma licença dentro de alguns meses e poderei enfim convidá-la para jantar.

Minha mãezinha, deixo-a. Estou com uma terrível dor de cabeça e tôdas estas caixas, tôdas estas valises para arrumar me ocupam a imaginação.

Envie-me lguns livros, se leu algum bom. Recomecei a escrever e vou enviar à N. R. F.[1] alguma coisa.

Beijo-a com ternura, minha mãezinha, com todo amor.

Respeitosamente, seu filho,

Antoine.

52.

Dakar, 1926

Minha mãezinha,

Eis-me em Dakar, todo feliz de viajar. Vi de perto mouroes terríveis... Vestem-se de azul e têm uma grande cabeleira anelada. Um aspecto estranho! Vêm a Juby, a Agadir, a Villa Cisneros, para ver de perto os aviões. Ficam lá horas, silenciosos.

A viagem correu bem, fora uma pane no deserto. Um companheiro veio apanhar-nos e dormimos num pequeno forte francês isolado do mundo inteiro; o sargento que o comandava não via brancos há meses!

Envio-lhe apenas êste bilhete, o correio vai partir já e se não escrever por êste, só daqui a oito dias. Dakar é bastante feia, mas o resto da linha é uma maravilha.

[1] Isto é, à sua editôra, a Librairie Galimard. (Nota da Editôra.)

Beijo-a com grande ternura. Escrever-lhe-ei por todos os correios. Só começo a linha no dia 24 e vou procurar travar conhecimentos.

Respeitosamente, seu filho,

Antoine.

53.

Dakar, 1926

Minha mãezinha,

Só começarei a linha no dia 24. Até lá, vou levando em Dakar uma vida calma. Sou recebido quase em todo lugar e... fazem-me dançar! Foi preciso vir ao Senegal para sair do sério.

Está um calor bem aceitável, mas prefiro assim mesmo o frio da França a esta bizarra temperatura: a gente transpira sem sentir muito calor e não se sabe nunca se é preciso agasalhar-se ou não. Apesar disso, vou muito bem.

Há um mês nada recebo de você. Entretanto, escrevi com freqüência e estou sentido com isso. Seria tão bom receber aqui um bilhete seu, pois você é, mamãezinha, a grande ternura de meu coração. É quando estou longe que vejo melhor como as amizades são um refúgio, e uma palavra sua, uma lembrança curam minha melancolia. Aqui está em cima de minha mesa seu pastel obscuro, o ramo de nogueira que não é ainda um ramo e cuja luz me encanta, e seu retrato, em que você tem um arzinho indulgente que eu bem conheço. E tôdas as cartas dêsses três anos cá estão numa gaveta.

Escrevo sempre: "Enviar para Saint-Maurice", pois ignoro seu enderêço. Espero que as cartas não cheguem com muito atraso, mas você poderia dar-me o enderêço.

Por navio, gasta um tempo enorme. Escreva: "Linhas aéreas Latécoère, Toulouse, enviar para...", exceto se desejar mandar um embrulho. Neste caso, envie-o a Dakar por avião, depois de perguntar pela taxa no correio, pois não sei se Toulouse enviaria um embrulho gratuitamente.

Dê-me notícias da família, a minha, de minhas irmãs.

Beijo-a ternamente, com todo amor,

Antoine.

54.

Dakar, 1926

Minha mãezinha,

Minha querida Didi,

Meu adorável Pierre,

Envio-lhes uma carta coletiva, pois nada é mais doce que o seio da família. Envio uma carta ao seio da família.

Por causa de uma pane, dormi entre os negros, no Senegal. Dei-lhes doces, o que os maravilhou. Êles nunca tinham visto nem europeus nem doces. Quando me estendi sôbre a esteira, a aldeia inteira veio visitar-me. Eram trinta pessoas em minha tenda... a me olhar.

Saí às três horas da manhã, a cavalo, com dois guias, ao luar. Parecia bem uma "exploração".

Didi e Pierre, preparem uma de suas chocadeiras. Daqui a quinze dias penso enviar-lhes ovos de avestruz por avião. São animais pequenos, como todo avestruz, e são alimentados fàcilmente: relógios, prataria, vidro pulverizado, botões de nácar. Tudo que brilha é engolido.

Mamãe, que história é esta de espiritismo? Que quer você que eu vá fazer de automóvel no Saara?[1] Você nem imagina o que é, parece-se muito pouco com o Bois de Boulougne. O espiritismo é a última das inépcias, não quero que esta inépcia a impressione.

Muito obrigado pelo livro.

Beijo-os a todos com amor,

Antoine.

55

Dakar, 1926

Minha mãezinha,

Suponho, sem muita certeza, que você esteja em Saint-Maurice. Gostaria de ver você de nôvo. Sinto um pouco de saudades de casa, mas quando isso lhe será possível?

A temperatura em Dakar costinua suportável e vou indo bem. As viagens continuam regularmente, mas são as únicas novidades de minha vida. Dakar é a mais burguesa das províncias.

1 Alusão a uma revelação de uma ledora de cartas.

Como vai você? É bom ter uma família encantadora, e um sobrinho, e você. Aqui, as pessoas são terrìvelmente deprimentes, não pensam em nada, não são nem tristes nem alegres. O Senegal esvaziou-se delas mesmas. Então, sonho com as pessoas que pensam alguma coisa, que têm alegrias, tristezas, amizades.

Aqui, as mentalidades são terrìvelmènte cinzentas.

É um país bem decepcionante, sem envergadura, sem passado, sem elegância, um país imbecil. Nem pense no Senegal!

Não há uma só hora do dia que seja agradável. Nem aurora nem crepúsculo... um dia pesado, acinzentado e depois, sem transição, a noite úmida.

E, como diversão, cancans piores que os de Lião.

Deixo-a. Vou levar esta carta ao correio.

Beijo-a com amor,

Respeitosamente, seu filho,

Antoine.

56.

Dakar, 1926

Minha mãezinha,

Recebi um bilhete seu, mas sem enderêço. Não tenho muita coisa para contar, só que tenho dançado como um jovem gigolô e que esta carta, eu mesmo a levarei amanhã a Juby.

Dakar não muda nada. Certamente não vale a pena ir procurar no fundo do trópico um vago subúrbio lionês...

Entretanto, espero que, quando voltar de Juby, possa fazer com um companheiro uma pequena expedição ao interior, para caçar crocodilo. Será divertido.

Mas minha maior consolação é meu trabalho.

Escrevo uma grande coisa para a N. R. F.,[1] mas embaraço-me um pouco no assunto. Quando terminar, enviá-lo-ei para que você me dê sua opinião.

Escrevo-lhe apenas um bilhete por absoluta falta de imaginação. Êste país não favorece nada. A gente não tem nem mesmo a impressão de estar longe. Mas quero que você tenha regularmente notícias minhas.

Beijo-a ternamente, com todo amor,

Antoine.

[1] *Courrier Sud.*

57.

Dakar, 1926

Minha mãezinha,

Êste bilhete hebdomadário para tranqüilizá-la: vou bem, sinto-me feliz. Para dizer-lhe também tôda minha ternura, minha mãezinha; você é o melhor bem do mundo e estou muito inquieto porque você não me escreveu esta semaan.

Minha pobre mãezinha, você está bem longe. E penso em sua solidão. Gostaria tanto que você estivesse em Agay. Quando eu voltar, poderei ser um filho como desejo e convidá-la a jantar e proporcionar-lhe uma porção de prazeres, pois, quando você veio a Toulouse, senti tanto embaraço e tristeza por nada poder fazer por você que me tornei mal-humorado e triste, e não soube ser terno.

Mas fique certa, mãezinha, que você povoou minha vida de ternura, como nenhuma pessoa poderia fazer. E que você é a mais "refrescante" das lembranças, a que desperta mais em mim.[1] E o menor objeto seu me aquece o coração: o suéter, as luvas, é meu coração que elas protegem.

Fique certa também de que eu levo uma vida maravilhosa.

Beijo-a ternamente,

Antoine.

58.

Dakar, 1926

Minha mãezinha,

Espero que você esteja no Sul, e estou todo feliz por você.

Sou feliz como um papa neste país e envio-lhe um retrato em que apareço terno, tímido e encantador. Tenho o aspecto de uma jovem virgem.

Dakar é um buraco e todo mundo me participa esta noite que estou noivo.

Eu era o único a não sabê-lo, mas não se pode sair com uma pessoa sem ser seu amante, nem com uma jovem sem ser seu noivo. É um pouco irritante.

[1] Sic.

Recebi a notificação de um embrulho que você enviou, irei procurá-lo amanhã. Você é um amor. Escrevo-lhe antes de abrir êste embrulho porque o correio parte amanhã.

Beijo-a ternamente, com todo amor,

Antoine.

59.

Juby, 1927

Minha mãezinha,

Imagine que me avisaram de minha partida apenas algumas horas antes e, na agitação das bagagens para preparar, não tive tempo de escrever.

Sou, por ora chefe de escala em Cap Juby, onde levo uma vida monacal.[1] Vou bem. Tenho alguns aviões para testar e muitos papéis para preencher. Isto convém perfeitamente a minha convalescença.

Fiz ontem um levantamento topográfico do terreno. Como êste é insubmisso, fui com uma guarda de honra de chefes mouros amigos. Espero poder passear um pouco, depois que tiver feito conhecimentos, que me protejam. Por enquanto, remo um pouco, respiro o ar puro do mar e jogo xadrez com os espanhóis, por quem já tenho uma grande estima.

Como vai você? Está em Cambles?[2] Beijo-a com ternura e todo amor.

Antoine.

60.

Juby, 1927

Caro velho irmão,[3]

Tomei um banho de mar. Isto me fêz pensar em você, em Didi, em Agay e na França, pois continuo sempre patriota. E, como esta noite eu me aborreço como uma virgem — você imagina! — escrevo-lhe.

[1] A escala de Cap Juby está sob a proteção de um forte espanhol que é uma penitenciária militar.

[2] Aldeia de Somme, destruída durante a guerra de 1914-18. Madame de Saint-Exupéry dirige uma obra em favor dos sinistrados.

[3] Carta dirigida a seu cunhado, Pierre d'Agay.

Como o mar estava cheio de vagas e ondas, senti um vácuo na alma. (Não, não me fatiguei com tão pouco. Sou capaz de fazer muitas vêzes a mesma coisa.) Vi também medusas grandes como bacias, mas felizmente elas têm pouca iniciativa.

Meu banho foi involuntário. Quis remar e ultrapassar a barra — nobre ambição. Mas encontrei-me sob a canoa. E também sob a barra.

Aqui a gente se diverte bem. Estamos alojados num forte espanhol construído na praia, e pode-se ir sem perigo até o mar. São mais ou menos vinte metros. Faço êste passeio diversas vêzes por dia. Mas, se a gente vai além de uns vinte metros, recebe tiros. E se ultrapassa cinqüenta metros, enviam-nos ao encontro de nossos antepassados ou nos metem na prisão, depende da estação. Na primavera, e quando se é pequeno, tem-se probabilidade de ser "sultane". É sempre melhor do que ser morto. Tem-se também probabilidade de ser grande eunuco. Isso é mais desagradável.

Se eu estivesse em Juby há quinze dias, teria sido a glória da família. Meus companheiros que lá estavam salvaram os viajantes. Minha equipe, ai, estava em Dakar, pois bocejamos aqui um de cada vez. E quando chegamos, tudo já estava terminado.

Tive ontem à noite uma pequena emoção. Era uma noite negra. Uma dessas noites de que falam as Escrituras no capítulo sôbre o dilúvio. Havia uma tempestade de areia e, como diria com exatidão Ponson du Terrail, "os gemidos do vento respondiam às lamentações das ondas". Ora, justamente então, minhas refeições da véspera tinham terminado sua pequena viagem e pediam liberdade. Como só serve de W.C. em Juby o pátio do forte ou o Saara, optei pelo Saara e saí (pois temos um pequeno edifício independente).

Entretanto, é proibido.

Eu misturava, pois, minha tímida voz à grande voz da tempestade, quando ouvi passos. Não via dois metros adiante. Como diria ainda com tanta fôrça Ponson du Terrail, no capítulo da violação da marquesa, meu sangue deu uma única volta e imediatamente congelou-se nas veias.

Eu já tinha saído em outras ocasiões, mas sempre com duas sentinelas. Dava-lhes logo uma gorjeta e voltávamos. Mas desta vez eu não tinha nem mesmo o revólver. Fiz calar-se minha tímida voz e parti, recuando bem devagar.

E eis que do alto de um muro uma sentinela imbecil põe-se a berrar como um bezerro. E em espanhol. Fazia as intimações de costume. (A ordem é de atirar em tôdas as sombras.) Em espanhol, só sei dizer "oh". Respondi logo o que pude: "Amigo... velho amigo... amigo de infância." E para maior segurança, agarrei-me com pés e mãos à parede. Voltei assim. Quando fechei a porta, ela atirou. Eu exclamei ufa!

Didi pergunta o que faço... Pois bem, faço a linha do Saara insubmisso, Dakar-Juby. O Saara começa logo que se passa o Senegal. É a Mauritânia Francesa. É insubmisso a partir de Port-Etienne, onde começa a zona espanhola (Rio de Oro). Os companheiros de Casablanca-Juby estão por sua vez em dissidência, de Juby até Agadir.

É muito esportivo. Mataram-nos dois pilotos no ano passado (entre quatro), e durante mil quilômetros tenho a honra de receber tiros como uma perdiz. Os outros mil são mais pacíficos (pois fazemos dois mil quilômetros na ida, dois mil de volta, em cada correio!)

Já estive em pane no deserto, mas meu companheiro de equipe (são dois aviões que seguem juntos) pôde salvar-me: eu tinha aterrissado em um bom terreno de areia dura. Quando um não pode salvar o outro, deve ser menos divertido. Os uruguaios nos contaram que, se fôssem franceses, teriam sido mortos com certeza. Foram ameaçados diversas vêzes. Enfim, se eu fôr prêso, serei muito polido, pedirei desculpas, como fiz com um leão outro dia, quando apenas o havia ferido e minha winchester enguiçou. Eu não brincava mais: os leões, parece, detestam ser feridos. Muito suscetíveis êsses animais, mas eu estava de automóvel, e tive a genial idéia de tocar a buzina. Grande efeito, pois o leão foi parar, da Mauritânia, nos confins do Saara. Quatro dias de automóvel no deserto. Nem mesmo caminhos de camelos, navegávamos na areia, contornávamos as dunas, etc., hospedávamo-nos em acampamentos onde nossas duas furrecas despertavam horror, depois admiração. Quando encontrávamos rebanhos, requisitávamos carneiros. Uma vida de grande senhor.

Descrevi essa expedição com detalhes para Didi, e depois encontrei a carta dentro de um livro. Com certeza ela não a recebeu?

Pierre, é meia-noite, não quero incomodá-lo mais numa hora tão imprópria. Tenho certeza de que você está com sono.

Abraço-o com fôrça,

Antoine.

P. S. Minha missão consiste em entrar em relações com as tribos mouras e tentar, se possível, fazer uma viagem em terreno dissidente. Meu trabalho é de aviador, embaixador e explorador. Estou combinando minha descida à cova dos ursos. Se tudo se arranjar e eu voltar, quantas recordações!

Não recebo carta da mamãe. *Que Didi tenha a gentileza de lhe explicar como se escreve!* Tentei duas vêzes... Estou muito aborrecido porque sei que mamãe está gripada. Escreva-me logo.

Dakar.

Descobri o engano, mamãe escreve para a posta restante, está tudo bem, não lhe diga nada.

Convido-o a beber um copo. Se você tiver oportunidade de passar por aqui, dar-me-ei o prazer de cumprir a promessa. Aborreço-me sòzinho. Caso contrário, procurarei, daqui a um ano, passar por Agay (será...?).

Dakar é muito bonita à noite, quando a gente está dormindo. É como você.

Descubra para mim uma pessoa formidável. Terei prazer em contribuir para o aprimoramento da raça humana. Se ela fôr rica, você terá uma porcentagem sôbre o dote, se fôr bonita, terá uma porcentagem sôbre... não, isso não. Você é muito sátiro.

Não tenho sono e estou sòzinho. Quanto tempo perdido!

E você, na mesma hora... sátiro! (Não era a você que a menina dizia: "Na verdade, como você é desajeitado para um sátiro!?").

Boa noite, cunhado.

Escreva pelo menos uma vez na vida. Deus lhe pagará. (Não quero dizer que êle lhe responderá, mas talvez fará reaparecerem seus cabelos. Que recompensa!)

Antoine.

61.

Dakar, 1927

Minha mãezinha,

Que vida de monge a minha! No canto mais perdido da África inteira, em pleno Saara Espanhol. Um forte na praia, nossa barraca encostada nêle e nada mais durante centenas e centenas de quilômetros.

Adoro o Saara e, quando é preciso aterrissar nêle, os belos lagos que nos rodeiam e onde se refletem as dunas. (Bastante desagradável, porém, quando a gente tem sêde...) Vou muito bem. Minha mãezinha, seu filho é muito feliz e encontrou seu caminho.

O mar, na hora das marés, nos banha completamente, e se, à noite, chego a minha lucarna gradeada — estamos em terreno dissidente — vejo o mar a meus pés, tão próximo como se eu estivesse em uma barca. E êle bate a noite inteira contra a parede.

A outra fachada dá para o deserto.

É um despojamento total. Um leito feito de uma prancha e uma enxerga magra, uma bacia, uma bilha de água. Esqueço os bibelôs: a máquina de escrever e os papéis da escala! Um quarto de monastério.

Os aviões passam de oito em oito dias. Entre um e outro, são três dias de silêncio. E quando meus aviões partem, são como meus filhos. E fico inquieto até que o rádio me anuncia a passagem dêles pela escala seguinte — a 1.000 quilômetros daqui. E estou sempre pronto a partir à procura dos desviados.

Dou chocolate todo dia a uma ninhada de àrabezinhos travessos e encantadores. Sou popular entre a criançada do deserto. Há pedacinhos de mulheres que já têm um ar de princesas hindus, cheias de gestosinhos maternais. Tenho velhos camaradas.

O marabu vem todos os dias dar-me uma lição de árabe. Estou aprendendo a escrever. E já me desenvolvo um pouco. Ofereço chás mundanos a chefes mouros. E, por sua vez, êles me convidam a tomar chá sob uma tenda, a dois quilômetros em território dissidente, onde nunca foi um espanhol! E irei mais longe. E não arriscarei nada, pois começam a conhecer-me.

Estendido sôbre o tapête dêles, olho pela abertura da tenda esta areia calma, arqueada, êste solo curvo, os filhos do chefe que brincam nus ao sol, o camelo amarrado bem perto da tenda. E tenho uma impressão engraçada. Não é de afastamento, nem de isolamento, mas a impressão de um jôgo fugitivo.

Meus reumatismos não me aborrecem. Ao contrário, vão melhor do que quando parti.

E você, minha mãezinha, em seu outro deserto, com sua criançada adotiva?[1] Nós estamos, os dois, afastados de tôda existência.

Por mais longe que eu me veja da França, ou por mais perto, levando uma vida familiar e encontrando de nôvo velhos amigos, julgo-me em piquenique em Saint-Raphael. No dia vinte de cada mês, quando o navio a vela das Canárias nos reabastece, nessa manhã, quando abro minha janela, o horizonte está povoado de uma vela branquinha, bonita, e é mesmo como roupa branca e fresca, que veste todo o deserto; isto me faz pensar na roupa branca das casas, na peça mais íntima. E penso nas arrumadeiras velhas que a vida inteira passam lençóis brancos, que empilham em prateleiras, e esta recordação perfuma-me o quarto. E minha vela se balança lentamente, como um boné bretão bem passado, mas é uma sensação breve.

Aprisionei um camaleão. Meu papel aqui é aprisionar. Isto me agrada, é uma palavra bonita. E meu camaleão parece um animal antediluviano. Parece-se com o diplodocus. Tem gestos de uma lentidão extraordinária, precauções quase humanas, e se absorve em reflexões intermináveis. Fica durante horas imóvel. Parece vir da noite dos tempos. Nós sonhamos os dois, à noite

Minha mãezinha, beijo-a com amor. Escreva-me um bilhete,

Antoine.

[1] Alusão ao trabalho de assistente de Madame de Saint-Exupéry, em Comples.

62.

Juby, dezembro de 1927

Minha mãezinha,

Vou bem. A vida é pouco complicada e pouco fértil em acontecimentos. Entretanto, as coisas começam a adquirir um pouco de animação, porque os mouros daqui temem um ataque de outras tribos mouras e se preparam para a guerra. O forte não se preocupa mais que um leão bonachão, mas, durante a noite, lança fogos de artifício de cinco em cinco minutos, que clareiam maravilhosamente o deserto com uma luz de ópera. Tudo terminará como tôdas essas grandes manifestações mouras, com o roubo de quatro camelos e de três mulheres.

Empregamos, para as manobras, mouros e um escravo. Êste infeliz, um negro roubado há quatro anos em Marrakech, onde estão sua mulher e seus filhos. Sendo a escravidão tolerada aqui, êle trabalha pór conta do mouro que o comprou e que lhe paga tôda semana. Quando estiver cansado demais para trabalhar, deixá-lo-ão morrer, é o costume. Como é dissidente, os espanhóis não podem fazer nada. Eu o embarcaria de boa vontade, fraudulentamente, em um avião para Agadir, mas seríamos todos assassinados. Êle vale 2.000 francos. Se você conhece alguém que se revoltaria com essa situação, que me enviaria êsse dinheiro, comprá-lo-ei e enviá-lo-ei à mulher e aos filhos. É um bom sujeito, bem infeliz.[1]

Gostaria de passar o Natal com você em Agay. Agay é para mim a imagem da felicidade. Algumas vêzes, aborreço-me lá um pouco, mas é como uma felicidade muito contínua. Se eu fôr a Casablanca na próxima semana, o que é provável, vou escolher para estas crianças tapêtes *zaïam* da mais bela côr. Parece que elas estão precisando.

O tempo está cinzento hoje. O mar, o céu, a areia, se confundem. É uma paisagem deserta da época primária. Às vêzes um pássaro do mar solta um grito agudo e a gente se espanta com êste sinal de vida. Ontem, tomei um banho. Fui também estivador. Recebemos, de um navio, uma carga de 2.000 quilos. Não foi coisa fácil fazê-la passar a barra e descarregá-la na praia. Eu comandava um barca grande como um barco de pesca, e esbelta, do mesmo modo, com a segurança de um ex-candidato à Escola Naval. Senti um pouco de enjôo: fazíamos quase *loopings*.

[1] Êsse escravo, com o nome de Bark, aparecerá em uma das narrações de *Terre des Hommes*.

Não preciso de nada. Decididamente, tenho tendências para monge. Dou chás aos mouros, vou visitá-los. Escrevo um pouco. Comecei um livro.[1] Tem seis linhas. Enfim, é sempre assim.

Esta noite, Natal. Isto não quer dizer muita coisa nesta areia. O tempo aqui se escoa sem alteração. Maneira engraçada de passar a vida neste mundo.

Beijo-a com ternura.

Respeitosamente, seu filho,

Antoine.

63.

Juby, 1927

Minha mãezinha,

Estamos todos em grande atividade, em busca de dois correios perdidos não se sabe onde no Saara. Um companheiro foi feito prisioneiro. Há cinco dias que não desço de avião, e fizemos coisas verdadeiramente magníficas.

Beijo-a apressadamente. Dentro de um mês e meio estarei na França. Perdoe-me êste bilhete tão curto, mas estamos sobrecarregados,

Antoine.

64.

Juby, 1928

Minha mãezinha,

Durante todo êsse tempo fizemos coisas magníficas: procurar companheiros perdidos, salvamento do avião, etc.; nunca aterrissei tanto nem dormi tanto no Saara, nem nunca ouvi tantas balas zunindo.

Continuo na esperança de voltar em setembro, mas um companheiro está prêso, e é meu *dever* ficar, enquanto êle estiver em perigo. Pode ser que eu ainda sirva para alguma coisa.[2]

[1] *Courrier Sud.*

[2] Na verdade, dois aviadores são prisioneiros dos mouros: Reine e Serre. Em 17 de setembro de 1928, Antoine tentará libertá-los.

Entretanto, às vêzes sonho com uma existência onde há uma toalha, frutas, passeios sob as tílias, talvez uma mulher, onde a gente saúda amàvelmente as pessoas quando as encontra, em vez de atirar nelas, onde a gente não se perde a duzentos a hora, na bruma, onde a gente anda sôbre um cascalho branco, em vez de uma areia eterna.

Tudo isso está tão longe!

Beijo-a com ternura,

Antoine.

65.

Juby, 1928

Minha mãezinha,

Vou bastante bem. Creio que precisarei simplesmente de uma cura em Aix, no próximo ano. Fora isso, está um sol monótono sôbre um mar sempre agitado, pois o oceano aqui nunca está calmo.

Leio um pouco e estou decidido a escrever um livro.[1] Tenho já uma centena de páginas e estou bastante embaraçado com sua construção. Desejo fazer entrar nêle coisas demais e pontos de vista diferentes. Pergunto a mim mesmo o que você pensaria disso.

Se por acaso eu puder passar alguns dias na França, dentro de dois ou três meses, mostrá-lo-ei a André Gide ou a Ramon Fernandez.

Comecei a sondar o terreno com os espanhóis, a respeito de um passeio de inspeção em Marrocos, em terreno dissidente. Comecei por falar apenas de uma caçada, para não assustá-los, depois vou tentar alargar minha pretensão. É necessário muita diplomacia lenta. Por outro lado, não sei ainda qual é, sob êsse ponto de vista, a opinião atual da casa, que outrora era favorável a ela.

Enfim, é preciso esperar pelo menos um mês, pois há guerra nas redondezas.

Sonho com Saint-Maurice com melancolia, e com Agay, se bem que começo a me cansar do mar! E com tôda a doçura da França.

Beijo-a com ternura e amor.

Respeitosamente, seu filho,

Antoine.

[1] Trata-se ainda de *Courrier Sud.*

66.

Juby, 1928

Minha pequena Didi,

Em busca de dois correios perdidos no deserto, fiz, por minha vez, cêrca de oito mil quilômetros em cinco dias sôbre o Saara. Fui visado como um coelho pelos *rezzous* de trezentos sujeitos. Passei por momentos assustadores, aterrissei quatro vêzes em terreno dissidente, onde passei uma noite em pane.

Nesses momentos, a gente brinca com a pele com grande generosidade.

Por enquanto, sabemos que a tripulação do primeiro correio está prêsa, mas os mouros exigem, para devolvê-la, um milhão de fuzis, um milhão de pesetas, um milhão de camelos (Quase nada!) E a coisa vai bastante mal, pois as tribos começam a lutar para obtê-los.

Quanto à tripulação do segundo correio, com certeza foi matar-se em algum lugar no sul, pois não temos nenhuma notícia dela.

Penso voltar à França em setembro: estou precisando muito disso. Não quero voltar mais cedo porque necessito de algum dinheiro para minha licença e não tenho o suficiente.

Estou criando uma rapôsa-fenech, ou rapôsa solitária. É menor que um gato, e tem imensas orelhas. É adorável.

[Aqui há um desenho esquemático do fenech.]

Infelizmente, é selvagem como uma fera e ruge como um leão.

Terminei um romance de 170 páginas, não sei bem o que pensar dêle. Você o verá em setembro.

Estou aflito para reviver uma vida civilizada, humana, você não pode entender nada da minha e a sua me parece tão longínqua! Parece-me um luxo tão grande ser feliz...

Seu velho irmão,

Antoine.

N.B. Se você quiser, caso-me...

67.

Juby, 1928

Minha mãezinha,

Está resolvido que voltarei à França assim que os companheiros, prisioneiros há dois meses, forem devolvidos. Por enquanto, nada sabemos sôbre êles, nem mesmo se estão vivos. Aliás, há atualmente uma grande desordem no Saara; tôdas as tribos nômades guerreiam-se encarniçadamente.[1]

Evidentemente, isto se parece pouco com Saint-Maurice.

Não vou muito mal, mas estou aflito para voltar e renovar-me um pouco em Aix-les-Bains ou Dax — e primeiro, para encontrar vocês todos. Já são onze meses de solidão, começo a tornar-me um selvagem completo.

Deixo-a, beijando todos com muito amor. Talvez, quem sabe? até o princípio de setembro.

Respeitosamente, seu filho,

Antoine.

68.

Juby, 1928

Minha mãezinha,

Não vou mal. Sua carta me emocionou.

Ai, meus companheiros continuam prisioneiros e estou com receio de que as negociações durem ainda uns quinze dias, o que me levará até o fim de setembro.

Entretanto, tenho tanta pressa de estar entre vocês...

Beijo-a com amor,

Respeitosamente, seu filho,

Antoine.

69.

Juby, 1928

Minha mãezinha,

Meu substituto caiu em pane entre os mouros quando vinha substituir-me: não tenho sorte.

Com isso, ficarei ainda umas três semanas.

E estou tão ansioso para revê-la, beijá-la, dar-lhe um pouco de prazer. E também para deixar minha areia eterna. Não vivo mais, esperando esta partida.

Beijo-a com amor,

Antoine.

[1] Em 19 de outubro de 1928, Antoine participa, em terreno dissidente, do salvamento de um avião espanhol cuja tripulação está ferida.

70.

Um bilhete rápido, minha mãezinha, volto antes de dez dias. Você terá seus cinco mil francos no fim de dezembro, com certeza. Amo-a infinitamente.

Não escrevo mais porque tive uma pequena ferida infecciosa no dedo e, em seguida, uma linfangite que ainda me impede de servir-me bem do braço.

Dentro de dois dias estarei bom.

Beijo-a muito,

Antoine.

71.

Juby, 1928

Minha mãezinha,

Escrevo-lhe de Port-Etienne, onde estou em escala. É em pleno deserto. Há talvez três casas. Dentro de um quarto de hora partiremos.

Fui caçar leões na semana passada. Não matei nenhum, mas atirei em um e feri-o. Por outro lado, foi uma grande hecatombe de outras feras — javalis, chacais, etc. Quatro dias de automóvel, nos confins do Saara, na Mauritânia. Navegávamos através dos espinheiros, como tanques.

Fui convidado por um chefe mouro, em Boutlimit. Isso talvez seja interessante para a linha. Talvez êle me leve a terreno dissidente. Que maravilhosa expedição!

Vou bem. Como vai Monot? A carta de tio Hubert[1] me esperava, e enviar-lhe-ei selos.

Está um calor terrível neste doce Saara. Ao contrário, a água cai a noite inteira. É um país engraçado. Mas cativante. Quanto ao Senegal, detesto-o cada vez mais.

Beijo-a com amor, minha mãezinha,

Antoine.

[1] Hubert de Fonscolombe, irmão de Madame de Saint-Exupéry.

72.

Brest, 1929[1]

Minha mãezinha,

Seu telegrama me emocionou. E quero-me mal por não saber mais escrever.

Mas, na verdade, sua carta sôbre meu livrinho[2] foi a que mais me tocou. E tenho um grande desejo de rever você. Se dentro de um mês meu livro começar a ser vendido, iremos a Dax os dois, tenho grande necessidade disto, estou muito triste e cansado. E mostrar-lhe-ei o livrinho que estou começando.

Brest não é muito bom.

Se eu tivesse quatro ou cinco mil francos na minha frente, pedir-lhe-ia para vir encontrar-se comigo em Brest. Mas por enquanto só tenho dívidas, gostaria bem de pedir emprestado, pois estou certo de ganhar dinheiro com meu livro — mas pedir emprestado a quem?

Enfim, dentro de um mês, parto.

Gostaria também de rever Saint-Maurice, minha velha casa. E meu cofre. É verdade que pensei muito nisso em meu livro.

Minha mãezinha, como pode você pensar que suas cartas me aborrecem! São as únicas que verdadeiramente fazem bater meu coração.

Escreva-me e conte-me o que dizem a respeito de meu livro. Mas, por favor, não o mostre aos X..., Y.. e outros imbecis. É preciso, pelo menos, compreender Giraudoux para compreendê-lo.

Beijo-a com ternura,

Antoine.

73.

Brest, 1929

Minha querida mamãe,

Você é muito modesta. A imprensa espiã me enviou todos êsses jornais que falavam em você; estou muito feliz porque a cidade de Lyon comprou um quadro seu,[1] minha célebre mãezinha!

[1] Antoine faz um estágio em Brest, a fim de seguir o curso superior de Navegação aérea da Marinha.

[2] *Courrier Sud.*

[3] A cidade de Lião comprou três quadros de Madame de Saint-Exupéry; o de que fala Antoine é o parque de Saint-Maurice-de-Rémens.

Que família nós formamos!

Acho que você está um pouco contente, mamãe querida, com seu filho e com você! Revê-la-ei antes de três semanas. Isto me dará grande prazer.

Você leu o artigo de Edmond Jaloux, o mais célebre dos críticos?

Se você souber de outras críticas, diga-me.

Beijo-a de todo coração, com todo amor.

Respeitosamente, seu filho,

Antoine.

74.

Buenos Aires, 1929

Minha mãezinha,

Embarquei.[1] Será uma viagem encantadora. Desde que parti, não tive um só segundo e estou tão cansado quanto desejoso de repousar. Enfim, tudo está em ordem.

Gallimard, muito contente com meu livrinho, cujas provas me enviará por avião, quer imediatamente outro.

Yvonne veio aqui, de Chitré, despedir-se de mim, e diz que no mundo literário todo mundo fala nêle.

Você receberá uma carta imensa enviada da escala de Bilbao, na Espanha (dentro de três ou quatro dias).

Beijo-a com tôda ternura. Não é uma carta de adeus: — um bilhete antes de Bilbao, para dizer-lhe tôda minha ternura, minha mãezinha, minha profunda ternura que você conhece bem.

Beije por mim Mad e Vovó. Beije Didi,

Antoine.

75.

Buenos Aires, 1929

Minha mãezinha,

Viagem bem calma. Deciframos charadas como garotinhas, disfarçamo-nos, inventamos pequenas peças. Ontem, brincávamos de Colin-Maillard e de pegador. Voltei à idade de quize anos.

[1] Antoine embarcou para Buenos Aires, onde chegará a 12 de outubro de 1929. Foi nomeado diretor da "Aeroposta Argentina", filial da Companhia Geral Aeropostal, (ver mais adiante, pág. 112).

É preciso muita imaginação para que a gente acredite estar num navio. Nenhum barulho, um mar parado. Mal ouvimos o sôpro de ventiladores imensos que rodam sem descanso sôbre nossas cabeças.

Começa a fazer calor. Faremos uma escala de cinco horas em Dakar. Velhas recordações. Minha carta chegará, pois, aí dentro de três ou quatro dias, por avião.

Minha mãezinha, como o mundo é pequeno. Em Dakar, parece-me estar ainda na França. Será talvez porque conheço cada rochedo, cada árvore, cada duna da avenida que vai de Toulouse ao Senegal. Eu reconheceria qualquer pedra dêste caminho.

Acabamos de chegar ao pôrto de Dakar e me entregaram sua carta. Isto me emociona e eu me pergunto como você teve esta boa idéia. Você é uma mãe inventiva.

Ainda não me sinto nem triste, nem longe, nem mesmo ausente. Não se pode dizer que viajamos. Nenhum movimento, nenhum som, e essas charadas no salão, diante das mães de família assentadas em círculo! Nada disso é exótico ou colonial. A não ser êste vento quente e espêsso de Dakar. Mas a gente pode pensar que está em Saint-Maurice, num dia sem ar.

Peixes voadores e tubarões fazem exibições ao longo da rota. As jovenzinhas soltam gritinhos. Depois, fazemos uma charada sôbre um peixe ou o retrato de um tubarão.

Vou a terra colocar esta carta no correio. Beijo-os a todos com muita ternura. Trago um pouco de todos vocês comigo.

Agora, você terá uma carta da América do Sul, antes de muito tempo. Minha mãezinha, esta terra é bem pequena: nunca se está muito longe.

Beijo-os a todos com amor,

Antoine.

76.

Majestic Hotel, Buenos Aires, 25 de outubro de 1929

Minha mãezinha,

Afinal, acabo de saber o que farei...

Fui nomeado diretor da exploração da "Aeroposta Argentina", companhia filial da Cia. Geral Aeropostal (vencimentos de cêrca de 225.000 francos por ano). Acho que você está contente, eu estou um pouco triste. Gostava bem de minha antiga vida.

Parece-me que isto me faz envelhecer.

Entretanto, ainda pilotarei, mas para inspeções e reconhecimento de linhas novas.

Só fui informado de minha sorte esta noite e não queria dizer-lhe nada antes. Também, estou prêso ao tempo, pois o correio postal deve ser entregue antes de meia hora.

Escreva-me para o enderêço de minha carta (Hotel Majestic) e não para a Companhia. Logo que eu tiver um apartamento, escreva para lá.

Buenos Aires é uma cidade horrível, sem encanto, sem recursos, sem nada.

Segunda-feira vou, por alguns dias, a Santiago do Chile, e sábado a Commodoro-Rivadavia, na Patagônia.

Vou enviar-lhe uma boa carta por navio, amanhã.

Beijo-os a todos com amor,

Antoine.

77.

Buenos Aires, 20 de outubro de 1929

Minha mãezinha,

A vida se escoa simples e tranqüila como na canção. Fui a Commodoro-Rivadavia, na Patagônia, e a Assunción do Paraguai. Fora isto, levo uma vida calma e dirijo sàbiamente a Aeroposta Argentina.

Você não pode imaginar que prazer me dá minha situação, por sua causa. É uma recompensa de sua educação, não acha? Reprovaram tanto você por esta educação!

Não é mau ser diretor de um negócio tão grande com 29 anos, não é?

Aluguei um pequeno apartamento mobiliado, encantador. Eis meu enderêço — escreva sempre para êle: Monsieur de Saint-Exupéry, Galeria Goemes, Calle Florida, departamento 605, Buenos Aires.

Travei conhecimento com pessoas formidáveis, amigos de Vilmorin (aliás, dois irmãos estão na América do Sul). Encontrei outras que amarão certamente a música e os livros, e me consolarão um pouco do Saara. E também de Buenos Aires, que é um outro gênero do deserto.

Minha mãezinha, você me escreveu uma carta tão terna que ainda estou todo emocionado. Gostaria tanto de tê-la aqui. Talvez isto seja possível daqui a alguns meses? Mas temo Buenos Aires por você, esta cidade de que a gente é tão prisioneiro. Imagine que não há prados na Argentina. Nada. Nunca se pode sair da cidade. Fora só há campos quadrados, sem árvores, com uma barraca no centro e um moinho de ferro. Durante centenas de quilômetros de avião a gente só vê isto. Impossível pintar, impossível passear. Gostaria também muito de me casar.

E Monot? Dê-me notícias de todo mundo e o que dizem de minha situação. E de meu livro?

Beijo-os a todos com muito amor,

Antoine.

78.

Buenos Aires, 1930

Minha mãezinha,

Você receberá telegràficamente, na próxima semana, 7.000 francos, 5.000 para pagar a Marchand e 2.000 para você. E enviar-lhe-ei a partir do fim de novembro 3.000 francos por mês, em vez dos 2.000 de que eu tinha falado.

Refleti muito. Gostaria que você passasse o inverno em Rabat para pintar um pouco. Sentir-se-á feliz lá e poderá ocupar-se de uma porção de obras interessantes.

Pagarei a sua viagem e depois, com 3.000 francos por mês, você poderá viver lá agradàvelmente, acho. Apenas estou muito longe para ocupar-me disso e procurar lá qualquer coisa. Não poderia você escrever aos Auvenais ou a quaisquer conhecidos que tenham amigos em Rabat? Não quero que você se sinta muito só, mas creio que gozará lá de uma felicidade perfeita. E é tão bonito. E, dentro de dois meses, tudo estará cheio de flôres.

Além disso, você poderá dar um pequeno passeio a Marrakech e instalar-se lá, se preferir Marrakech para pintar, mas creio que Rabat lhe convirá.

Em todo caso, não quero saber de Casablanca.

Êste aqui é um país bem sinistro. Mas passeio. Fui outro dia ao sul, na Patagônia (poço de petróleo de Commodoro-Rivadavia) e lá encontramos, nas praias, grupos de milhares de focas. Capturamos uma pequena, que trouxemos no avião. Porque o sul, aqui, são as regiões frias. O vento do sul é o vento frio. Quanto mais para o sul, mais a gente gela.

Agora, o verão começa em Buenos Aires e faz calor.

Minha mãezinha, beijo-a com ternura,

Antoine.

79.

Buenos Aires, 1930

Minha mãezinha,

Estou lendo *Poussière*,[1] acho que gostamos todos disto, como de *La Nymphe ou coeur fidèle*,[2] porque nos reconhecemos nêles. Nós também formávamos tribo. E êsse mundo de lembranças infantis de nossa língua e de jogos que inventávamos me parecerá sempre desesperadamente mais verdadeiro que o outro.

Não sei por que penso esta noite no vestíbulo frio de Saint--Maurice. Nós nos assentávamos sôbre as canastras ou as poltronas de couro, após o jantar, esperando a hora de ir dormir. E os tios andavam de um lado para o outro, no corredor. Era escuro, escutávamos pedaços de frases, era misterioso. Era misterioso como o fundo da África. Depois, organizava-se o bridge no salão, os mistérios do bridge. Nós íamos deitar.

Em Mans, quando estávamos deitados, às vêzes você cantava embaixo. Aquilo chegava até nós como os ecos de uma festa imensa. Eu tinha essa impressão. A coisa melhor, mais pacífica, mais amiga que já conheci é o pequeno fogareiro do quarto de cima, em Saint-Maurice. Jamais alguma coisa me deu tanta segurança na vida. Quando eu acordava à noite, êle roncava como um pião e projetava sombras boas na parede. Não sei por que eu pensava num cão fiel. Êsse pequeno fogareiro nos protegia de tudo. Às vêzes você subia, abria a porta e nos encontrava cercados de um bom calor. Você o escutava roncar a tôda velocidade e descia de nôvo.

Nunca tive um amigo semelhante.

O que me ensinou o infinito, não foi a via láctea, nem a aviação, nem o mar, mas a outra cama de seu quarto. Era uma sorte maravilhosa estar doente. Tínhamos vontade de o estourar, um de cada vez. Era um oceano sem limite a que a gripe dava direito. Havia também uma lareira viva.

O que me ensinou a eternidade foi Modemoiselle Marguerite.[3]

Não estou muito certo de ter vivido após a infância.

Agora, escrevo um livro, o *Vôo Noturno*.[4] Mas, em seu sentido íntimo, é um livro sôbre a noite. (Nunca vivi, a não ser depois das nove horas da noite).

Eis o princípio, são as primeiras lembranças da noite:

[1] de Rosamond Lehmann.

[2] de Margaret Kennedy.

[3] Governanta de Antoine, de quem já se falou antes.

[4] *Vol de Nuit* aparecerá em 1931 e lhe dará o prêmio Fémina.

"Nós sonhávamos no vestíbulo, quando a noite caía. Espiávamos a passagem das lâmpadas: traziam-nas como uma carga de flôres, e cada uma projetava na parede sombras belas como palmas. Depois a miragem voltava, depois fechavam no salão êste ramalhete de luz e de palmas sombrias.

Então, o dia estava terminado para nós e, em nossos leitos de crianças, embarcávamos para um outro dia.

Mamãe, você se debruçava sôbre nós, sôbre êsses anjos que partiam, e para que a viagem fôsse tranqüila, para que nada agitasse nossos sonhos, você desmanchava uma dobra do lençol, uma sombra, uma onda...

Pois a gente tranqüiliza um leito como, com um dedo divino, o mar".

Em seguida, são travessias de noites menos protegidas, o avião.

Você não pode imaginar bem a imensa gratidão que tenho por você, nem que edifício de lembranças construiu para mim. Tenho um ar assim de quem não sente nada. Acho que apenas me defendo terrìvelmente.

Escrevo pouco, não é culpa minha. Tenho a bôca fechada metade do tempo. Isto sempre foi mais forte que eu.

Acabo de fazer um bonito reide de 2.500 quilômetros durante o dia. Foi voltando do extremo sul, onde o sol se põe às dez horas da noite, perto do estreito de Magalhães. É tudo verde: cidades sôbre a relva. Estranhas cidadezinhas sôbre ondulações. E pessoas que, de tanto sentir frio e reunir-se ao redor do fogo, tornam-se tão simpáticas.

O sol desbotava-se no mar. Era adorável.

Êste mês, envio-lhe 3.000 francos. Acho que tudo irá bem. Você os receberá pelo dia 10 ou 15. Enviei-lhe 10.000 francos ao todo (completará agora 13.000). Mas não sei absolutamente se você recebeu, se isso lhe deu prazer. Gostaria bem de saber.

Beijo-a com ternura,

Antoine.

80.

Buenos Aires, 21 de julho de 1930

Minha mãezinha,

Não vou mal. Começo a construção de um grande filme que espero poder montar um dia.[1] Enquanto isto, comprei uma pequena máquina de filmar para levar-lhe algumas lembranças das Américas.

[1] "Anne-Marie" é o título dêsse filme cujo argumento êle redige. O projeto não será realizado.

Estive ùltimamente em Santiago do Chile, onde encontrei amigos da França. Que belo país e como a Cordilheira dos Andes é extraordinária! Encontrei-me lá a 6.500 metros de altitude, quando começava uma tempestade de neve. Todos os picos lançavam neve como vulcões e parecia-me que a montanha inteira começava a ferver. Uma bela montanha com picos de 7.200 (pobre Monte Branco) e duzentos quilômetros de largura. Naturalmente tão inabordáveis como uma fortaleza, pelo menos neste inverno (ai, estamos sempre no inverno) e lá em cima, no avião, uma sensação de solidão prodigiosa.

Pouco a pouco fiz amigos formidáveis. Mas às vêzes é triste estar sempre tão longe. Entretanto, eu viveria tão mal na França...

Escreva-me por avião, minha mãezinha, não sei nada de vocês.

Beijo-a com ternura,

Antoine.

81.

Cairo, 3 de janeiro de 1936[1]

Minha mãezinha,

Chorei lendo seu bilhete tão cheio de significado, porque chamei por você no deserto. Estava tomado de cólera contra a partida de todos os homens e, contra êste silêncio, chamava por minha mamãe.

É terrível deixar atrás de si alguém que tem necessidade da gente, como Consuelo. Sentimos a imensa necessidade de voltar para proteger e abrigar, e arrancamos as unhas contra esta areia que nos impede de cumprir o dever, e nos sentimos capazes de remover montanhas. Mas era de você que eu tinha necessidade; você é que precisava proteger-me e abrigar-me, e eu a chamava com o egoísmo de um cabritinho.

Foi um pouco para Consuelo que voltei, mas foi por você, mamãe, que voltei. Você, tão fraca, sabia até que ponto é anjo da guarda, e forte, e sábia, e tão cheia de bênçãos que a gente ora a você, sòzinho, na noite?

....

Antoine.

1 Antoine tenta sòzinho, a bordo de um Caudron-Simonn, o reide Paris--Saigon. Em 29 de dezembro de 1935, quatro horas depois de ter partido de Benghazi, cai no deserto da Líbia. Só é encontrado na noite de 1.º de janeiro de 1936.

82.

Orconte, dezembro de 1939[1]

Minha mãezinha,

Moro em uma fazenda bem simpática. Há três crianças, dois avós, tias e tios. Mantemos uma grande fogueira de lenha, onde me aqueço quando desço do avião. Pois voamos aqui a dez mil metros e a... cinqüenta graus de frio! Mas nos vestimos de tal modo (30 quilos de roupa!) que não sofremos muito.

Guerra engraçada em câmara lenta. Nós ainda trabalhamos um pouco, mas a infantaria! Pierre[2] deve, de qualquer maneira, cultivar vinhedos e criar vacas. É tão importante quanto ser guarda-freios ou cabo em um depósito. Parece-me que desmobilizarão ainda muitos para que a indústria possa reanimar-se. Não há nenhum interêsse em morrer de asfixia.

Diga a Didi para escrever-me de vez em quando. Espero vê-los todos antes de quize dias. Ficarei bem feliz!

Seu
Antoine.

83.

Orconte, 1940

Minha mãezinha,

Entretanto, eu lhe escrevi, mas estou bem triste com a perda de minhas cartas. Estive bastante doente (febre muito forte sem razão bem clara), mas acabou e voltei a reunir-me ao grupo.

Não me queira mal por um silêncio que não era na verdade silêncio, pois eu lhe escrevia e sentia-me infeliz por estar doente. E depois, se você soubesse como eu a amo ternamente, como eu a trago em meu coração e como eu me preocupo por você, mamãe querida! Gostaria primeiramente e antes de tudo que os meus estivessem em paz.

Mamãe, quanto mais isto aumenta — a guerra e os perigos e as ameaças para o futuro — mais aumenta em mim a preocupação pelos que estão a meu cargo. A pobre pequena Consuelo,[3] inteiramente abandonada, causa-me uma piedade infinita. Se um dia

[1] Antoine está ligado ao Grupo de Grande Reconhecimento 2/33, então acampado em Orconte (Marne).

[2] Pierre d'Agay.

[3] Antoine casou-se em Agay, em 1931, com Consuelo Suncin, que conhecera na Argentina.

ela se refugiar no Sul, receba-a mamãe, como sua filha, por amor de mim.

Minha mãezinha, sua carta me trouxe muita tristeza porque estava cheia de reprimendas e eu só queria de você mensagens infinitamente ternas,

Antoine.

84.

Orconte, maio de 1940

Minha mãezinha,

Escrevo-lhe sôbre os joelhos, enquanto espero um bombardeio anunciado e que não vem, mas é por você que tremo: esta ameaça italiana me faz mal, porque põe você em perigo; tenho infinita necessidade de sua ternura, minha mãezinha. Por que é preciso que tudo que amo nesta terra esteja ameaçado?

O que me assusta mais que a guerra é o mundo de amanhã. Tôdas estas aldeias destruídas, estas famílias dispersas, a morte, tudo me é indiferente, mas eu queria que a comunidade espiritual não se abalasse.

Não lhe digo grande coisa de minha vida, não há grande coisa a dizer: missão perigosa, refeição, sono; estou terrìvelmente insatisfeito, o coração precisa de outros exercícios. O perigo aceito e tolerado não é suficiente para acalmar em mim uma espécie de consciência pesada.

A alma é que está hoje tão deserta, morre-se de sêde.

Beijo-a com ternura,

Antoine.

85.

Bordeaux, junho de 1940[1]

Minha mãezinha querida,

Vamos decolar para a Argélia. Beijo-a com amor. Não espere cartas, será impossível, mas esteja certa de minha ternura,

Antoine.

[1] Em 20 de junho de 1940, com Farma, quadrimotor de guerra inacabado, êle transporta pessoal e material de Bordeaux para a África do Norte.

86.

New York, 1944[1]

Mamãe querida, Didi, Pierre, todos vocês que amo tanto, do fundo do coração, que é feito de vocês, como vão, como vivem, como pensam? É tão triste, tão triste êste longo inverno.

E, entretanto, tenho tantas esperanças de estar em seus braços dentro de alguns meses, minha mãezinha, minha velha mamãe, minha terna mamãe, junto ao fogo de sua lareira, a dizer-lhe tudo que penso, a discutir, discordando o menos possível... ouvi-la a falar comigo, você que teve razão em tôdas as coisas da vida...

Minha mãezinha, eu a amo,

Antoine.

87.

Tunísia, 1944[2]

Minha mãezinha,

Fiquei sabendo agora mesmo que um avião vai partir para a França. O primeiro e o único. Desejo beijá-la em duas linhas de todo coração, assim como Didi e Pierre.

Com certeza, revê-los-ei logo.

Seu,

Antoine.

88.

Borgo, julho de 1944[3]

Minha mãezinha,

Gostaria tanto de tranqüilizá-la a meu respeito e que você recebesse minha carta! Vou muito bem. Inteiramente. Mas estou

[1] Carta que chegou a Madame de Saint-Exupéry por intermédio de Monsieur Dungler, um dos chefes da Resistência alsaciana, que os americanos fizeram descer de pára-quedas em Clermont-Ferrand, em janeiro de 1944.

[2] Antoine ligou-se como capitão a uma unidade aérea do 78.º exército americano, cuja base é La Marsa, perto de Tunes. Esta carta chegou clandestinamente a Madame de Saint-Exupéry.

[3] Depois de ser religado, a seu pedido, à esquadrilha 2/33, Antoine, promovido a comandante, está no campo de Borgo, perto de Bastia.

Esta carta, a última que dirigiu à mãe, só chegou a ela um ano após seu desaparecimento, isto é, em julho de 1945.

tão triste de não vê-la há tanto tempo! E estou inquieto por você, minha velha mãezinha querida. Como esta época é infeliz!

Feriu-me o coração saber que Didi perdeu a casa. Ah, mamãe, como eu gostaria de poder ajudá-la!, mas que ela conte comigo para o Futuro. Quando será possível dizer aos que amamos que os amamos?

Mamãe, beije-me como eu a beijo, do fundo do coração.

Antoine.

CARTAS DA JUVENTUDE

(1923-1931)

PREFÁCIO

por *Renée de Saussine*

DEZ ANOS de juventude e de amizades. Entre os vinte e os trinta anos. É uma época de sensibilidade ultra-sônica, de brincadeiras, de lutas muitas vêzes patéticas. Mais tarde, Antoine aviador, escritor ilustre, encontrará sua unidade, seu caminho, sua glória — um outro patético.

Folheando estas cartas, revivem nelas mil tonalidades de lembranças que vão da impressão, sempre surpreendente, à intensa emoção. Lembro-me de um de seus gestos, talvez o mais familiar:

Com um cigarro entre o indicador esquerdo e o dedo médio, êle segurava, ao mesmo tempo, a caixa de fósforos. Com a mão direita, acendia um fósforo que o iluminava, brilhava, morria. Seu corpo de atleta, seu rosto de *Gilles* de Watteau surgiam, desvaneciam-se na sombra.

Era tempo bastante para começar uma frase ou um sonêto, para defender violentamente uma posição, se bem que em voz baixa, tempo curto demais para concluir. Aliás, nunca se chegava a uma conclusão, ninguém era da mesma opinião. E o gesto de Antoine se repetia, em breve o cinzeiro transbordava de fósforos que formavam um minúsculo braseiro sob seu cigarro intacto.

EM MINHA família, as opiniões sôbre êle variavam:

— Que rapaz admirável! — dizia meu pai. Mas minha mãe e minhas irmãs mais velhas estranhavam seu mutismo.

Nós, os mais jovens, sabíamos encontrá-lo atrás dessa muralha de silêncio, tão fàcilmente erguida ou transposta pelas crianças. Como êle, continuávamos crianças.

Antoine freqüentava o mesmo colégio que meu irmão: a Escola Bossuet, que preparava para o Liceu Saint-Louis. Seus companheiros admiravam-se:

— Que sujeito! Vive de cafés para poder comprar um sextante. Escreve contos no estudo. Terá um nome, mais tarde.

Entre rapazes alegres, preparavam-se para a Escola Naval, adotando, segundo a expressão de um professor, "métodos aperfeiçoados para perder o tempo".

Num dia de crise de transporte, Bertrand, meu irmão — chamado B. B. ou B2 — convidou dois dêles para jantar. Desde as sete horas, êles substituíam os grevistas nos ônibus. Antoine e Bertrand controlavam as passagens? Não sei mais. O terceiro dirigia o carro. (Chamá-lo-emos de *Eusébio,* pois o gênero comédia de Musset assenta-lhe bem.) Mas naquele dia uma vendedora de laranjas sofreu com a coisa, ou pelo menos seu carro; as laranjas cobriam ainda a avenida Saint-Germain.

Sabíamos que Antoine escrevia. À tarde, leu-nos um drama poético de sua autoria. Príncipes salteadores moviam-se em um reino imaginário que deslumbravam, aterrorizavam. O autor declamava, uma mecha de cabelos negros sôbre os olhos e a espátula na mão. Que fôrça! Eu já não me lembrava da história das laranjas.

Dois anos mais tarde, Antoine fracassou no concurso para a Escola Naval. Que carreira seguiria, então? Discutíamos freqüentemente sôbre isso, no pequeno grupo de amigos que era o seu. Era verão em Paris. Se a matemática tinha sido prejudicada pelo calor, êste agora favorecia as longas conversas nos terraços dos cafés. Saint-Germain-des-Prés já era nosso quartel-general e, nas lembranças parisienses de Antoine, seus bares terão sempre lugar de honra:

— Você se lembra daquele rapaz da casa Lipp? Que desenhava a lápis cabelos sôbre o crânio? E das caixas vazias de *Craven* ou de *Lucky* que êle pedia para a filhinha — para ela brincar e deixá-lo dormir, de manhã...

Ou então em casa, na rua Saint-Guillaume, audições musicais encontravam nêle um ouvinte absorvido, apaixonado. Às vêzes, empunhava meu violino, improvisava gênero demiúrgico, depois bruscamente:

— Vamos ao cinema.

Lembro-me de Charlie Chaplin comentado por êle, no *Peregrino.* Que descoberta!

Porque seus discursos, quando Antoine, se dignava falar, acordavam ecos. Mesmo no momento atual, penso em certo sonêto. Fixando a visão do poeta sôbre o perfil agudo de uma cidade.

Um único pássaro poderia ali pousar

escandia Antoine, tão sensível à cadência que arriscava êste conselho perigoso:

— Antes um êrro de francês que um êrro de ritmo!

E recomeçavam as discussões, em que êle era o advogado do diabo diante do incorruptível *Eusébio*. Êste se tornaria seu melhor amigo, mas perdiam-se em teimas eternas. Eu, segura quanto à literatura, arrisquei um dia a pedir-lhe conselho. Foi o que fiz de melhor. Depois de uma amigável manifestação de simpatia, recebi uma resposta escrita, uma profissão de fé.

Foi a primeira carta que recebi de Antoine. (1, pág. 133).

Chegou a hora do serviço militar. Meu irmão é marinheiro, *Eusébio* está na infantaria, Antoine é aviador.

Em Bourget, o subtenente na 33.ª de aviação esmera-se em acrobacias. Embora já noivo, faz loucuras, voa em rasantes. Apelidaram-no "o condenado à morte". Num domingo, voando baixo por cima dos subúrbios, uma pane na gasolina causa a perda de velocidade, depois a capotagem. Fratura do crânio, longa convalescença; desentendimento com a família da noiva, apesar de uma desejada demissão, que êle pede.

Que fazer? É preciso trabalhar, pois Antoine, como diz o povo, "anda com a corda no pescoço". Sua família, de excelente origem meridional, está longe. Êle deve arranjar-se.

Eis Saint-Exupéry assentado a uma mesa, no escritório da Sociedade de Telhas de Boiron:

— Isto me assenta tanto como uma roupa de gala!

Sua melancolia cresce com os números que alinha. Para libertar-se dêles, entra logo em outra sociedade, a dos Caminhões Saurer.

Eis Saint-Exupéry representante de quatro costados. Pelo menos, viaja, descobre até a mais escondida aldeia do interior francês. Em breve, chega-me uma carta do Dompierre-sur-Besbre. (2, pág. 135).

No Morvan, Antoine continua suas viagens, em companhia de *Eusébio,* que se reuniu a êle. Depois, examina a região do Creuse. Sòzinho, desta vez. (3-4, págs. 137-139.)

Em Paris, "Saint-Exu" nos fazia falta... Graças a Deus, êsse jejum de convivência com os amigos quebrava-se com suas voltas. E eram de nôvo passeios a Saint-Germain-des-Prés, à casa Lipp, à confeitaria *A la Dame blanche.*

Esta última fazia-se o eco de nossas discussões. Quando as datas coincidiam, o ex-pilôto encontrava meu irmão marinheiro, vindo de Brest, em licença. Êste trazia amigos e a discussão ampliava-se. Entre êsses marinheiros, um bom sujeito chamado Albert, argumentador e amante apaixonado de bolos:

— Senhorita! — pedia êle, logo que se assentava em *A la Dame blanche*. — Senhorita traga-nos pudins.

E depois de cheirar os pudins:

— Senhorita! Que rum é êste, faz favor?

— Mas, senhor D..., rum de pudim.

— Não, senhorita, faça o favor de chamar a caixa.

— ...

— Madame, é inadmissível empregar esta espécie de xarope em pudins. Quer fazer o favor de chamar o diretor?

— Mas, senhor D...

Chegada do diretor.

— Meu senhor, comi contra a vontade os seus pudins e não me sinto capaz de engolir a conta. Seu rum de pudins, meu senhor, tomo a liberdade de dizer-lhe... é um álcool de feto. Adeus, meu senhor.

— Não gosto de "confusões" — concluía Antoine, menos atrevido, — mas o gênio da insolência, isto é defensável!

Num outro dia, *La Dame blanche* nos recebe, minha irmã Laure, Antoine e eu. Conselhos literários estão no programa, mas a conversa vai versar sôbre Pirandello, cuja peça *A Verdade de Cada Um* estava sendo representada pelos Pitoeff no teatro dos Campos Elíseos.

Em breve, as criadas da confeitaria transformavam-se em estátuas de sal, diante da violência da discussão...

Entretanto, tudo havia começado tão bem! Antoine, encantado com sua estada em Paris, elogiava a acolhida dos amigos:

— Você é um pôrto para mim, Rinette!

— Um porco! Santo Antônio?

— Isto é demais!

Êle enrubescia, furioso, enternecido, curioso sôbre nossos divertimentos da primavera.

Nesse momento foi que Pirandello apareceu como desmancha-prazer. Diante dêsse nome, vi uma primeira nuvem invadir o rosto de Antoine, uma bruma embaciar seus olhos. Seus grandes olhos negros, cheios de integridade, um pouco de lado, como os dos peixes:

— Ah! — suspirou êle.

Minha irmã continuava, eu fazendo côro: tínhamos visto *La Belle Aventure, Arsène Lupin*. Mas que terrível bomba no teatro, uma história não mais de amor ou de polícia, mas de filosofia, muito mais apaixonante!

— Hum! — resmungava Antoine, tornando-se cada vez mais casmurro.

— É muito simples — e minha irmã, inconsciente da tempestade, continuou: — É preciso voltar a Ibsen para encontrar um interêsse semelhante.

Antoine empalideceu:

— Qual! — exclamou êle, arquejando um pouco... — Não se pode comparar. "Seu" Pirandello é uma metafísica de cozinheira.

Levantou-se bruscamente e uma das pequenas colheres caiu, com um barulho argentino que acordou as estátuas de sal. A despedida foi um pouco cerimoniosa, na calçada da avenida Saint-Germain.

Por que aquêle furor súbito? Eu conservava de Ibsen a lembrança do *Pato Selvagem*, que me tinha emocionado muito. Mas uma outra potência dramática era uma blasfêmia? Quanto à metafísica, Pirandello e seu público, nós entre êle, faziam-na sem sabê-lo. Restava o nome "cozinheira". Isto era o mais duro de engolir.

Devo acreditar que êle também sofreu com isso: uma parte da noite passou-se com certeza em definir a posição do futuro Saint-Ex diante do problema não só filosófico e literário, mas ainda social. Tudo isso precedido dos conselhos pedidos na confeitaria. E contido em uma grande carta entregue às oito horas da manhã. (5, pág. 140.)

TAMBÉM os negócios querem ser amados por si mesmos. Não se pode viver em *A la Dame blanche* de pudins, sorvetes e filosofia. Em um ano, Antoine só vendera um caminhão. Os diretores da companhia Saurer achavam-no encantador e pouco prático.

Mas, no céu das letras, a estrêla de Antoine subia. Uma prima de Saint-Exupéry, interessada nas ciências, oferece a inúmeros escritores uma acolhida de grande dama e de amiga.[1] É na casa dela que Antoine encontra-se com André Gide, Ramon Fernandez, Gaston Gallimard, seu futuro editor. E, através dêles, Paul Valéry, Léon-Paul Fargue, tôda a *Nouvelle Revue Française*... Um dos colaboradores desta, Jean Prévost, ocupa-se ainda de publicações novas. Conversando com Antoine, impressiona-se com a nostalgia do ar que obseca o jovem ex-pilôto. E que palavras para expressá-la! Que fôrça!

— Você devia escrever tudo isso.

— Você acha?

Em breve, Jean Prévost, secretário da redação de *Navire d'Argent*, apresenta a Adrienne Monnier, diretora fundadora, um jovem autor, Antoine de Saint-Exupéry. Sua longa novela, *L'Aviateur*, aparecerá não apenas na Revista[2] mas também no acolhedor ambiente dos Amigos dos Livros, rua do Odeon, 7, livraria de Adrienne Monnier, que ficou célebre.

É bom ser assim descoberto, apreciado:

[1] Yvone de Lestrange, nesta época (1925-26) duquesa de Trévise.

[2] Primeira versão de *Courrier Sud*. Apareceu no número de 1.º de abril de 1926 (n.º XI da revista). Texto acompanhado de uma nota de apresentação de Jean Prévost.

— Gostaria bem de ser feliz, assim mesmo! — exclamava êle às vêzes. — Mas qual! à noite, é preciso partir para o interior.

Todos nós, seus amigos, sofríamos por causa de seu emprêgo de representante, tanto quanto êle. Eu via Antoine como um herói de Balzac, conquistando, com sua pluma de ouro, a glória, Paris e o mundo — que na verdade um dia êle terá a seus pés. Como, depois dêsse primeiro sucesso, eu me espantasse por êle não escolher simplesmente a carreira das letras:

— Antes de escrever — respondeu êle, — é preciso viver.

Eco admirável de uma outra frase já formulada:

— Escrever é uma conseqüência!

De nôvo procura em volta de si. Um de seus antigos professôres conhece o administrador da Companhia Latécoère. De nôvo aviões postais e comerciais são ver postos em serviço. De nôvo pilotos são procurados. Antoine sente o antigo apêlo elevar-se. Decide-se: não mais os escritórios, o comércio, os caminhões!

— Eu só tinha um capital a arriscar — explicará êle, lúcido: — Minha pele.

Seu pedido de admissão parte. De repente, êle se despede. (6, 7, 8, págs. 145, 146 e 148.)

* * *

COM ANTOINE agora longe, nós, seus amigos escrevíamos. Eu escrevia. Mas não muito. Não muito depressa.

Êsse fluido anti-solidão que êle pedia, precisávamos, como os convalescentes, de tempo para refazê-lo.

E as cartas cruzavam-se, nós sem separarmos suficientemente do "amor pela amizade" o amor só, que vai mais depressa. Êle, enviando de Toulouse, sua base, as primeiras impressões de uma nova existência. (9, 10, 11, págs. 149-150.)

BASTA UMA dissonância ou um silêncio para que se elevem, mais imperiosos, os temas da natureza profunda de Antoine. *Melancolia,* "originalidade física devida ao gênio", diz Goethe; desgraça, diante dos choques da vida, essa vulnerabilidade do poeta, mas que o torna apto a receber as vozes celestes; *solidão* sombria ou, segundo êle, "quase maravilhosa"; procura ansiosa do "sentido da vida"; camaradagem, não sem choques, com a *natureza;* influência do tempo, batalha com os elementos, repouso comovido diante do sorriso dêles. Humor e amor pela vida nascerão então daí. Apêlo do *trabalho,* sempre todo poderoso, do *perigo,* crescendo à medida que êle avança.

A carta que o define é de tamanha importância que o próprio Antoine vê nela um primeiro contacto com a morte, da qual êle não tinha, aliás, nenhum mêdo metafísico:

— É como nascer.

E falava disso freqüentemente.

Mas, dessa vez, bruscamente, ela surge: "...Uma inteligência nova, indefinível."

Como que para transpor um terrível obstáculo, êle volta à sua mais longínqua infância, procura sua fôrça: "Isto me recorda meus sonhos de partida quando era rapazinho."

Um outro além lhe parece ainda comparável à morte. Também hermético, inacessível. É o universo do coração: "Isto me recorda um rosto... Senti o momento exato da distração." É o momento de "Ruptura. Impossível evitar a queda", notados ontem entre céu e terra. É a chegada da angústia. (12, 13, págs. 153-155.)

SE COMPARARMOS a ressonância humana e poética de Antoine a um Stradivarius, devemos atribuí-la à qualidade de sua alma. Como no instrumento precioso, êsse fogo vibrante, colocado no lugar exato, tudo permite. A inacreditável pressão das cordas, do braço, do arco, essa prova, a "alma"' a suporta, coroa-a como um canto.

Mas nem sempre a corda grave pode responder. No jôgo do grande artista que Saint-Exupéry já é, voltam brilhantes, travêssas, ternas variações sôbre sua outra velha amiga, a província. "Tonio é um provincial", dizia Léon-Paul Fargue. O apêgo podia transformar-se em poeira, mas a marca sentimental ficava.

Êle arranja, às vêzes, cuidadosamente, verdadeiros cenários. Bailados regionais, cada um com sua vedeta. Veremos a banca de jornais e a buralista de Toulouse, Pepita, hospedeira espanhola. Eis a cidadezinha andaluza onde cintila a noite de 1.º de janeiro. Eis tôdas as Carmens de Alicante e, de Perpignan, as caixeiras. (15, 16, 17, 18, págs. 156 a 159).

ANTOINE LEVA agora regularmente correios até Dakar; apesar do estado dos aparelhos e dos motores; apesar da hostilidade dos árabes. Certas tribos ainda não estão subjugadas. Atiram contra os aviões. Prendem os pilotos, exigem resgate, torturam.

Outrora, a vida em comum lhe pesava: "Sinto demasiada necessidade de ser livre." Agora, a ameaça contra seus companheiros o impede de dormir. Sobrevoam uma semiguerra e a estreita solidariedade que nasce na África vai durar, crescer. No seio dessa fraternidade, os traços de Antoine, de "Saint-Exu", vão fundir-se, gravar-se nos desde então legendários de Saint-Ex.

Nomeado em breve comandante em Cap Juby, uma cabana de madeira o espera, encostada a um forte espanhol; escala em pleno deserto, em plena dissidência. Consertos sob o fogo do fuzil dos "rezzous". Batalhas ou tratados com os Mouros. Persuasão dos espanhóis, aliados eventuais.

— Que Dia de Ano cheio de promessas! — exclama êle durante uma noite mágica, em primeiro de janeiro de 1927. Dois dias depois — dia 3 — aparece velando armas, quando sua imagem, agitada, desagregada, ainda lhe escapa: "Sou joguete dos ventos... não me reconheço nunca..." Mas, para que Saint-Ex armado cavaleiro se levante e vá pacificar os mouros, o colegial, o pajem, o pequeno príncipe devem dormir. (19, 20, págs. 159-161.)

NA PRIMAVERA de 1929, a África está conquistada. Dois anos foram suficientes. Já começam a afluir as narrações, os testemunhos. Um herói de Idade Média, esta a figura que Saint-Ex lembra no forte de Cap Juby. Em plena dissidência entre Agadir e Cisneros. Exigindo do céu tórrido a chegada, a partida de seus aviões. Fazendo tudo para proporcionar-lhes segurança. Só em seu pôsto perdido; em sua cela de madeira; em seu roupão que ficou célebre:

— Que vida de monge levo!

De chefe, sobretudo. No avião, a camelo, a pé, arriscou mil vêzes a vida. Enfrentou batalhas sangrentas ou diplomáticas, salvou pilotos perdidos, chorou pelas vítimas. Reduziu ou venceu seus inimigos, persuadiu os espanhóis da urgência de um apoio. Brilhando com uma aura. Ainda mais admirável que um guerreiro. As cabeças se inclinaram, nessa cruzada.

Então, Saint-Exupéry obtém uma licença para voltar à França. Não realizou êle, depois de sua própria unidade, a do grupo, da equipe? Voltando a Paris, traz consigo o manuscrito de *Courrier Sud,* homenagem aos primeiros mártires da linha.

FALTA AINDA ultrapassar uma etapa.

De volta a Paris, Antoine é nomeado diretor da Aeropostal Argentina. No outono de 1929 deve estar em Buenos Aires. Até a Terra do Fogo, há linhas para projetar, para criar. Eis sua próxima tarefa. Para Antoine, êste salto por cima do Atlântico é a curva harmoniosa de seu brilho, a flecha de ouro que ainda faltava: o sucesso.

Do círculo de companheiros e amigos, a narração das façanhas de "Saint-Ex" vai ganhar os desconhecidos, o estrangeiro. Em quinze anos, compreendidos aí a guerra e uma apoteose cruel, sua epopéia de aviador tornar-se-á legendária. Seus livros serão coroados de prêmios. *Vol de Nuit, Terre des Hommes, Pilote de Guerre, Carta a um Refém, Le Petit Prince, Citadelle,* conhecerão não apenas a glória literária como também a popular, mundial.

E parece que, distraído, o Pequeno Príncipe só pressentiu nessa glória um último desprendimento. (21, 22, 23, 24, 25, págs. 162 a 165.)

CARTAS[1]

1.[2]

Rinette

SOU MESMO de uma distração imperdoável pois tenho sempre seu conto comigo, mas devo a meu esquecimento o retrato de um lugar encantador, também nada lamento.

Quis telefonar-lhe domingo para enfim me desculpar mas não estava e soube por madame de Saussine de sua tristeza. Rinette não sei o que dizer-lhe minha velha amiga e como estou de coração com você.

Assisti ontem à noite ao triunfo do belo "Eusébio". Contava diante de uma sala cheia como se escalam montanhas mais pontudas que tôrres de igreja. Falava negligentemente de seu heroísmo e as velhas senhoras estremeciam. Narrava bastante bem, mas as descrições, Rinette... Dava aos "cumes sublimes", ao céu, à aurora, ao pôr-do-sol, côres adocicadas de balas, de bombons. Os picos eram rosa, os horizontes leitosos e os rochedos dourados pelos primeiros raios do sol. A paisagem tinha um aspecto comestível. Ouvindo-o, eu pensava na sobriedade de seu conto. É preciso trabalhar, Rinette. Você sabe tirar bem de cada coisa o elemento particular, o que lhes dá uma vida própria. Os objetos, para "Eusébio", são abstrações. São "o Pico, o Pôr-do-Sol, a Aurora". Sai tudo da loja de acessórios. Quanto mais êle os descreve mais impessoais se tornam.

O método é que é mau, ou melhor, a visão é que fica ausente. O que é preciso não é aprender a escrever mas a ver. Escrever é uma conseqüência. Êle toma um objeto e procura embelezá-lo. Os adjetivos são camadas de pintura. Não percebe o essencial mas acrescenta ornamentos arbitrários. A respeito de um pico êle falará de

[1] Fizemos questão de respeitar o ritmo do pensamento de Antoine de Saint-Exupéry, na época destas cartas. Êle não se preocupa com as vírgulas, sua frase exclama, interroga sem pontuação. Como êsses cavaleiros que deixam sua própria acentuação seguir o instinto do puro sangue, marchar livremente.

[2] Carta sem data. Provàvelmente do outono de 1923.

Deus, da côr violeta e das águas. Então você se sente sucessivamente elevada, enternecida e amedrontada. É um ardil. É preciso perguntar a si mesma: "De que modo vou transmitir tal impressão?" E os objetos nascem da reação que causam na gente, são descritos profundamente. Apenas isto não é mais um jôgo.

Falo-lhe a respeito de "Eusébio" porque os defeitos dêle dão relêvo por contraste às qualidades que você tem e deve cultivar. Parta sempre de uma impressão. Isto nunca se torna banal. Haverá uma ligação íntima em sua narração. Ela não será feita de pedaços juntados. Observe como os monólogos mais incoerentes de Dostoiewski dão uma impressão de necessidade, de lógica, são densos. A ligação é interna. E como os personagens de tantos outros, cuja psicologia bem composta se encadeia normalmente, são arbitrários nas palavras, nos atos, apesar de uma lógica exterior. São construções artificiais como as montanhas de Eusébio. Não se cria um tipo vivo dando-lhe qualidades e defeitos e deduzindo daí o romance mas exprimindo impressões experimentadas. Uma emoção mesmo simples como a alegria é demasiado complexa para ser inventada se você não quiser contentar-se com dizer que seu herói "estava alegre" o que não exprime nada o que não é individual. Uma alegria não se parece com outra. E é justamente essa diferença, a vida própria dessa alegria, que é preciso expressar. Mas não é necessário ser pedante, explicar essa alegria. É preciso exprimi-la através de suas conseqüências, as reações do indivíduo. E então não será necessário dizer "êle estava alegre" essa alegria nascerá dela mesma com sua individualidade como certa alegria que a gente sente e à qual nenhuma palavra se aplica exatamente. Se você acha que a palavra alegria é suficiente para exprimir a de seu herói é porque êle é artificial, porque você nada tem a dizer.

Tenho a impressão de que estou sendo ridículo, vou parar. No barzinho em que escrevo, um piano mecânico fabrica uma ária sentimental. A caixa requebra da direita para a esquerda. O dono que já não tem desejos boceja. O garçom tosse e roda em tôrno de mim porque sou o último cliente e êle está com sono e é melancólico. Sinto-me demais, vou-me embora.

Não lhe agradeci Rinette ter tocado para mim outro dia aquelas páginas de Bach. Não sei agradecer mas você me deu um grande prazer.

O garçom, Rinette, instalou-se diante de mim e agita o guardanapo como uma vassoura.

Então, adeus, Rinette.

Antoine.

2.

Dompierre-sur-Besbre

Rinette perdoe o papel do minúsculo café em que escrevo. É um albergue dos bons tempos de outrora onde me refugiei por causa de uma tempestade de neve tão violenta que eu já não sabia por onde andava.

Parecia um peregrino com minha bela capa branca.

Aldeiazinhas engraçadas estas por onde circulo. Um amigo veio, com seu automóvel, encontrar-se comigo em Montluçon e passeamos juntos. Chegando aqui ontem às nove horas da noite ficamos sabendo que a mocidade do lugar oferecia um grande espetáculo na Prefeitura. Fomos lá. Fomos assim acolhidos logo de princípio na intimidade de Dompierre-sur-Besbre. Apertados entre uma gorda doceira e o farmacêutico ficamos sabendo em cinco minutos o nome do tenor, as extravagâncias da filha do vice-prefeito e a situação do comércio. Que confiança. Estremecemos nesse ambiente a cada verso patriótico. Um velho quinhão de sentimentos que era preciso vir buscar aqui, intacto com seu vocabulário fora de moda e encantador. "Os Alemães" "os guerreiros bárbaros" "o imperador pérfido". Uma visita a um antiquário onde a gente se enternece descobrindo as jóias rococós de nossas avós.

Uma fanfarra Rinette, com todos os instrumentos! Colegiais adolescentes os sopravam. A gente temia pela bochecha dêles nos fortíssimos.

Um defeito na eletricidade, velas, risos abafados, conversas entre os atôres na cena e os pais na sala "Ah! É você Marcel! – Sim... minha barba está caindo!" E prendem-na novamente em família. E as confidências trocadas, Rinette, com a doceira, o farmacêutico...

Partimos à meia-noite, Rinette, felizes por têrmos surpreendido Dompierre como traidores. Por têrmos entrado pela estação, o hotel do leão de ouro e o sorriso de um gerente imigrante.

Acompanhei meu amigo até Roanne, pois êle é míope e acha que todos os reflexos da estrada à noite são animais. Levei-o a tôda velocidade através de aldeiazinhas adormecidas. Casas baixas acumuladas umas sôbre as outras. E depois Roanne, que chegava fúnebre. Primeiramente uma fábrica imensa contra o horizonte, grandes janelas de vidro geométricas, duramente iluminadas. E depois uma segunda fábrica e depois uma terceira. Chovia, eram duas horas da manhã e a gente não via nada além dessas fábricas e as poças de água metálicas diante dos faróis. E depois bairros iluminados a gás de cem em cem metros. Uma interminável fila de casas quadradas. De vez em quando um velho bar. Ninguém. Enfim em frente à estação um hotel onde vou dormir esperando o trem que me levará de volta ao principado de Dompierre-sur-Besbre. Roanne... êste nome tem o som alegre e acolhedor que convém.

Já não está nevando. Está claro. Será graças a você? Voltarei amanhã para Montluçon. A cidade se resume em uma avenida — Av. de Coutains — onde a gente vai como ao Bois às cinco horas da tarde. Inúmeras costureiras voltam lentamente, acompanhadas de ciclistas que são os gigolôs do lugar.

Sábado passado tendo sabido da existência de um *dancing* em Montluçon fomos lá. Um *dancing* em Montluçon devia ser engraçado. Ah! Nem *barman*, nem *coktails*, nem *jazz*. Um baile de subprefeitura onde se "valsava" sob o olhar severo das mães. Diziam uns aos outros: "E sua senhora? E sua filha, como vão?" As "senhoras" formavam um círculo ao redor da sala. A velha guarda. Ruminavam passivamente. As "jovens" de rosa ou azul celeste rodavam nos braços dos ciclistas, no centro. As mães pareciam um júri. Os ciclistas ostentavam *smokings* novos e rígidos que cheiravam a naftalina. Olhavam-se em todos os espelhos. Puxavam as mangas, levantavam o pescoço porque o colarinho os arranhava. Estavam felizes.

Fui também — sòzinho — a Argenton-sur-Creuse. Uma adorável aldeiazinha. O único barulho que se ouve na cidade é o de um bonde a vapor que passeia como um brinquedo em trilhos minúsculos de quatro em quatro horas. Estava um tempo maravilhoso e pus-me a perambular. Diante de cada barbearia recebia-se uma brisa fresca, diante das leiterias também, e das casas de frutas. Assentei-me enfim no parapeito de uma velha ponte de pedra. Coloquei meu chapéu ao lado e experimentei uma grande sensação de liberdade. Meu chapéu também — atualmente êle navega para a América. Vi-o distanciar-se lentamente, aproveitar com inteligência uma viração e desaparecer. Não fiquei nem mesmo furioso, fiquei melancólico.

Fui comprar outro. A chapeleira era também modista. Era uma mocinha tranqüila e gentil. Fiz-lhe a côrte assentado sôbre uma mesa. Falou-me de "sua tia" e de "seu primo" como se fôssem velhos conhecidos meus. Mostrei-me muito interessado. Perguntei-lhe: "Sua tia é velha?" Ela respondeu: "Ora veja..." Eu nem adivinhara que sua tia era jovem! Não fiz mais perguntas, disse "sim" com um ar compreensivo. E depois saí em busca de meu trem.

Deixo-a Rinette, vou partir para Mulins onde porei esta carta no correio. Responda-me pelo menos um bilhete, para a posta restante, em Montluçon. Está bem? A rua Saint-Guillaume está longe demais.

Apresente minhas homenagens a madame de Saussine e creia, querida velha Rinette, na profunda amizade que você conhece.

Antoine.

3.

O Morvan ilustrado: *Velha cabana* (Postal coletivo de Antoine de Saint-Exupéry e de X... (*Eusébio*).

Antoine

Velha Rinette:

Estamos almoçando. Queríamos convidá-la, mas não é nada cômodo. É pena porque "Eusébio" está por acaso muito bem humorado.

Eusébio

Direi o mesmo de Antoine que acaba de queimar o dedo brincando com o fogo e gostaria, terna Rinette, de tê-la como enfermeira.

Antoine

"Eusébio" está todo contente com sua frase: se você visse seu ar enfatuado...

Eusébio

Para escrever essa tolice Antoine usou a parte reservada ao enderêço. Dêste modo sua inconseqüência nos leva à ruína (40 c.).

Antoine

É minha vez de ser amável: o que não faríamos por você.

Eusébio

Antoine está-se gabando. Disse que estava almoçando. Não é verdade: Esperamos — há muito tempo mesmo.

ANTOINE

Sim mas bebemos.

O MORVAN ILUSTRADO (II):

Castelo de Chastellux. Vista geral.

ANTOINE

...O outro cartão foi escolhido por mim — é encantador — êste — que é vulgar — é de "Eusébio".

EUSÉBIO

Veja o bôbo que escolhe os cartões pelo que têm de "fotográfico!"... Vamos para a mesa.

ANTOINE

"Eusébio" acaba de brigar comigo por causa de minha frase. Isto me deixa bastante espaço para escrever-lhe.

EUSÉBIO

Com seu dever de férias que o obriga a trabalhar A. se esquece de engolir o paté de coelho.

ANTOINE

"Eusébio" abandona os amigos por um paté de coelho. Não há de que se gabar.

EUSÉBIO

Cada coisa a seu tempo! Se você pudesse ver o gordo bochechudo que abandonou a caneta pelo garfo e que engole...

ANTOINE

Eu é que brigo agora com "Eusébio". Êle é mal educado. Não tenho mais nenhum escrúpulo em escrever no verso de seu cartão grã-fino. Rinette nós nos reconciliamos para pensar na rua Saint-Guillaume que é um grande refúgio e para agradecer-lhe sua amizade.

Antoine.

EUSÉBIO

É a única coisa *verdadeiramente* sensata que êle pôde encontrar, pobre Noix! êle, não você.

4.

GRANDE HOTEL CENTRAL
Praça Bonnyaud
Guéret (Creuse)

Guéret, não sei que dia de 192...

Rinette envio-lhe um pequeno bilhete. Acho que você não responderá...

Não tenho muito que contar pois minha vida é feita de voltas que faço o mais depressa possível, de hotéis sempre iguais e da pracinha desta cidade onde as árvores parecem vassouras.

Dentro de dez minutos parto para fazer duzentos quilômetros.

Imagine que tenho trabalhado, e talvez você seja a causa disso, meu *manager*... Estou aflito para ler-lhe êste conto com o qual eu mesmo estou encantado! Será preciso gostar dêle caso contrário não escrevo mais nunca.

Estou um pouco melancólico: Paris está longe. Faço uma cura de silêncio.

Talvez no fundo você tenha piedade de meu exílio?

Seu velho Antoine.

5.

(Paris)

Minha velha Rinette,

Devolvo-lhe o romance de Madame de... Junto a esta carta tudo o que penso dêle. É porque há coisas boas que falo também dos defeitos, caso contrário não me ocuparia dêle. E depois estas críticas são inteiramente pessoais e muita gente pode não compartilhar de minha concepção da literatura. O que, aliás, me é prodigiosamente indiferente.

Estou muito aborrecido porque senti que fui um pouco violento com respeito a Pirandello. E mesmo inteiramente desagradável. E nem posso lembrar-me da expressão "metafísica de cozinheira". Não foi nada amável. Mas tenho-a aplicado com tanta freqüência a Pirandello que ela me veio aos lábios por hábito. Em seguida, uma bela sensação de gafe.

Mas é preciso que eu lhe explique meu pensamento porque se trata de qualquer maneira de um problema importante que a gente não tem o direito de postergar. Não posso considerar as idéias como bolas de tênis ou uma moeda de trocas mundanas. Não tenho nenhuma qualidade mundana. A gente não brinca de pensar. Assim, se a conversa cai por acaso num assunto que me toca de perto torno-me intolerante e ridículo e "Eusébio" diz com razão que é impossível discutir comigo. Mas se lamento profundamente minha "metafísica de cozinheira" não lamento nada a cólera de que me deixei dominar.

Porque veja você Rinette — e antes de considerar o problema literário — a gente não tem o direito de comparar um homem como Ibsen a um senhor como Pirandello. De um lado tem-se um indivíduo com as mais elevadas preocupações. Desempenhou um papel social, um papel moral, uma influência. Escreveu para fazer com que as pessoas compreendessem o que não queriam compreender. Tratou dos problemas mais interiores e em particular, de uma maneira que acho maravilhosa, do problema da mulher. Enfim Ibsen quer o tenha conseguido ou não procurava dar-nos não um nôvo jôgo de lôto mas um alimento. Sua obra se desenvolve em um plano humano. A gente se sente diretamente interessado ou em sua verdade ou em seus erros, pelo menos se acha que a vida interior é o aspecto mais importante da vida.

E de outro lado tem-se Pirandello que é talvez um autor, teatral notável — falaremos disso agora mesmo — mas que foi criado e pôsto sôbre a terra para distrair a sociedade e permitir-lhe brin-

[1] Não datada. Provàvelmente da primavera de 1925.

car com a metafísica como já brincava com a política, as idéias gerais e os dramas do adultério. Não é mais idiota que o bridge. Mas você não tem o direito de compará-lo com Ibsen. Ibsen não procurava nem intrigar nem distrair. Procurava fazer-lhe compreender coisas que julgava verdadeiras. E neste caso o homem vai além da obra, seja qual fôr ela.

Compreenda que eu não fazia uma crítica pessoal... nem sustentava uma opinião literária — seria pretensioso de minha parte tê-lo feito com tanta violência — mas há aí uma espécie de problema moral.

Quanto ao valor de Pirandello suspeito justamente daquilo que mais lhe agrada nêle. Vou classificar meus argumentos.

I.º) A audácia de levar à cena um problema de metafísica. — Não é o primeiro a fazer isso. Um certo número de idiotas como Lenormand já o fêz antes dêle.

II.º) A originalidade do assunto. — É um lugar-comum dos manuais. O adolescente de dezessete anos, estudante de filosofia, que digere mal as aulas e confunde tudo é capaz de ir muito mais longe. Sente mesmo um nobre orgulho em negar o mundo exterior. (Apenas esqueceu de aprender em seu manual a significação da palavra existência.)

III.º) O interêsse do assunto. — Nenhum na peça de Pirandello: ou trata de um lugar-comum que nem mesmo é filosófico ou então não tem significação.

a) Um lugar-comum: você sabia antes de Pirandello que somos diferentes para cada um de nossos amigos porque cada um desperta em nós afinidades diferentes e um indivíduo é para outro o conjunto de reações que desperta nêle como, no plano material, uma mesa é a soma das reações visuais e táteis que desperta em nós. É evidente que não temos consciência do "ser em si" da "mesa em si". Você sabia antes de Pirandello que dez testemunhas têm dez versões da mesma cena. Isso não é mais um problema metafísico.

b) Ou então o problema de Pirandello é realmente metafísico, diz respeito à "verdade em si" mas, mal apresentado, não tem nenhuma significação:

Vou tomar um problema semelhante e mais simples, o da existência do mundo exterior, de nossa mesa, p. ex. Existe ou não existe "em si"? o trabalho se divide em dois.

a) Compreensão exata do que se entende por "existir" ou "não existir". Definição exata do têrmo "existência". É naturalmente evidente que, mesmo se se conclui pela não existência do mundo exterior, não se terá absolutamente a intenção de afirmar que não se pode tocar na mesa. Existência tem aqui um sentido particular.

b) Resolução do problema.

A primeira parte é talvez a mais delicada, exige um grande hábito de abstração. Se a gente a ignorar, nada do que fôr dito em seguida terá sentido. E Pirandello ignorou-a no que diz respeito à verdade. Não poderia agir de outro modo. Como levar à cena algo tão abstrato, tão pouco figurativo? O problema nem chega a ser apresentado por êle. Sua peça não pode ter sentido.

Mas melhor ainda: mesmo se êle pudesse tratar do problema, teria voluntàriamente postergado sua definição da verdade.

Com efeito não se pode passar do problema metafísico para a emoção dramática a não ser através de uma confusão de palavras, enganando a si mesmo, transpondo para o plano afetivo o que nada tem a ver com o sentimento. O aluno que "se emociona" ao aprender que o mundo exterior talvez não exista, está enganado quanto ao sentido da palavra existência. Pensa vagamente que vai aprender a atravessar as paredes ou pelo menos qualquer coisa semelhante que êle mesmo não entende bem. Pensa que êsse estudo se refere às coisas práticas, à vida cotidiana. E nasce daí uma emoção enganosa, uma vertigem falsa.

Você está vendo o êrro? — É elementar. Aplicam à definição comum da palavra "verdade", da palavra "existência", um raciocínio que só se aplica à sua definição muito abstrata em metafísica. Não se trata absolutamente da mesma questão. E misturam-se assim noções que não devem ser misturadas porque são verdadeiras em seu plano que é o da experiência sensorial.

Quando se diz "a mesa existe" quer-se dizer "aprendi desde a infância a experimentar em certas condições tal grupo de reações e chamo a causa delas de "mesa". Não é nem verdadeiro nem falso: é um fato. Você não pode negar essa existência da mesa.

Em metafísica, ao contrário, a definição dessa existência seria diferente mas justamente porque não se trata mais da mesma coisa as conseqüências a que se chega raciocinando sôbre a mesa (sentido metafísico), não se aplicam à mesa (sentido comum), o truque dramático consiste em considerá-las válidas ignorando as definições. Destroem-se assim tôdas as noções comuns do espectador, fazendo-o experimentar uma grande vertigem.

É apenas um ardil. Nem mesmo é astucioso pois qualquer aluno de Filosofia ou de Matemática fêz cem vêzes essa confusão. Pirandello faz uma bela salada russa com os diferentes sentidos da palavra "verdade", recuso-me a achar isto interessante. E o tipo de seu herói que êle pretendeu irônico, superior e cético, é simplesmente idiota. A primeira qualidade de um homem inteligente é compreender a linguagem dos outros e saber falar-lhes na mesma linguagem. Mas como ninguém nessa peça sabe exatamente o que quer dizer, isso pode durar muito tempo.

IV.º Parece que você acha bonito ter êle ousado levar à cena um problema metafísico em vez de histórias de mulherzinhas. Pois bem, eu não acho. As mulherzinhas, pelo menos, estão dentro do âmbito da sociedade. Mas se a sociedade quer metafísica, que compre livros e que trabalhe. Mas o que ela deseja não é absolutamente compreender a metafísica. Isto exige esfôrço e só dá um "prazer intelectual". Ela pouco se importa com isso. O que deseja é justamente não compreender mais nada de nada, sentir tôdas as suas noções confundidas. Então diz: "como é curioso..." e sente um arrepio na espinha.

Você compreende por que acho importante a questão Pirandello? Por que acho que isto ultrapassa a simples crítica de uma peça? É uma especie de problema moral.

A sociedade há alguns anos tomou conta exatamente pelas mesmas razões do infeliz Einstein. Desejava não compreender mais nada de nada, experimentar uma grande perturbação, sentir "a asa do desconhecido". Einstein era para ela uma espécie de faquir. E seus dados puramente matemáticos, que, verdadeiros ou falsos, só têm sentido no plano matemático, eram transpostos por outros Pirandellos, através de uma confusão voluntária, para o plano do conhecimento comum. E a sociedade entusiasmava-se. Como se Einstein fôsse ensinar-lhe um caminho mais curto que a linha reta para ir da Concórdia à Bastilha, um truque para atravessar as paredes ou voltar ao passado.

Isto me recorda uma bela viagem: a mulher de um comandante, antigo furriel de antes da guerra, era uma caixeirinha tímida que cerzia meias num canto da loja e murmurava os "Muito bom dia para a senhora..." A inteligente mulher de um tenente conversava com ela por deferência: ela explicava-lhe Einstein.

Era admirável.

Rinette, veja você, só através de uma disciplina permanente pode-se educar o pensamento, e é justameinte isto o que se possui de mais precioso. O que se deveria possuir de mais precioso. Mas você observa que as pessoas se procuram aumentar a memória, os conhecimentos, a habilidade verbal, quase nunca procuram cultivar a inteligência. Procuram raciocinar com exatidão mas não a pensar com exatidão. Confcndem tudo.

Eis por que se deve amar Ibsen que é de qualquer maneira um esfôrço para uma compreensão humana e negar Pirandello e negar tôdas as falsas vertigens: é difícil. O que é obscuro atrai mais que o que é claro. Entre duas explicações de um fenômeno, as pessoas, por instinto, se interessam pelo oculto. Porque a outra, a verdadeira, é simples e sem graça e não faz os cabelos ficarem de pé. O paradoxo tenta mais que uma explicação verossímil e as pessoas o preferem. Isso é geral. Muitos erros de julgamento são determinados por essa necessidade. A necessidade de apossar-se das idéias não para compreendê-las mas para emocionar-se com elas.

Pode-se ir muito longe. Pode-se quase dizer que o que surpreende, o que seduz, tem muitas possibilidades de ser falso. A primeira qualidade para compreender é uma espécie de desinterêsse, de esquecimento de si mesmo. A sociedade utiliza a ciência, a arte, a filosofia como utiliza os guindastes. Pirandello é uma espécie de guindaste...

Minha velha Rinette perdoe-me esta carta tôda. Não me queira mal. Perdoe-me também ter falado em "metafísica de cozinheira". Não acho que êsses problemas sejam uma brincadeira mundana. Acho que têm muita importância. Não há nenhum interêsse em seduzir através de belas frases contraditórias seguidas de concessões polidas. As pessoas que dizem "estamos trocando idéias" me aborrecem.

Gosto das pessoas estreitamente prêsas à vida pela necessidade de comer, de alimentar os filhos e de chegar até o mês seguinte. Sabem mais que qualquer outra pessoa. Ontem, fui no ônibus ao lado de uma mulher humilde cercada de cinco crianças. Ela lhes ensinava muita coisa e a mim também. A sociedade nunca me ensinou nada.

Ontem à noite conversei com uma pobre meretriz. Disse-me ela: "Sou manequim na casa Drecoll. Ganho seiscentos francos por mês. Meu marido acaba de abandonar-me com um filho. Para poder trabalhar, tive de entregá-lo a uma mulher para que o crie. Isto me custa trezentos francos por mês. Sobram-se trezentos. Que mais posso fazer? Nenhuma mulher em Paris ganha mil francos por mês. Assim, levo esta vida. Tento. Deito-me às cinco horas da manhã e só tenho três horas para dormir por causa de meu emprêgo de manequim. Mas não está dando certo. Sou tímida e os camaradas riem de mim. Agora estou com uma bronquite e qualquer coisa no pulmão esquerdo. Isto não durará muito tempo, Assim vou entrar "numa casa" pois não sei andar pelas ruas e já não posso fazê-lo. Lá, quem quiser me escolherá. E que outra coisa posso eu fazer? Viverei, e meu filho também. Já é alguma coisa".

Com efeito, já é "alguma coisa", e que poderia eu responder?
E é uma história banal para as pessoas que só tiram dessas histórias o que tiram das cenas de Music-Hall: uma emoção, uma falsa piedade. É muito 1880, muito melodramático. As desgraças oferecem-lhes emoções da mesma forma que a metafísica do senhor Pirandello. E esta nem mesmo está na moda mais.

Isto me recorda uma conversa narrada por Léon Werth: "Mas enfim, meu caro senhor, se o senhor diz amar os homens, por que tirar-lhes Deus, a suprema consolação?

— Para que êles procurem outros deuses, minha senhora, e lhe quebrem a cabeça".

Acho isso muito bom.

Minha velha Rinette não me queira mal. É verdade que não sou nada tolerante, como diz "Eusébio", mas não é por vaidade nem por orgulho, é porque é exatamente essa tolerância que me desgosta. É preciso amar as coisas e as idéias por elas mesmas e não por brincadeira.

Sou um urso bem pouco simpático e isto me entristece. Isto me entristece mesmo muito por muitas razões.

Adeus, Rinette. Creia numa amizade que é uma grande parte de mim mesmo.

Antoine.

Acabo de telefonar-lhe. Levar-lhe-ei amanhã o romance. Mas Pirandello continua a preocupar-me e entregar-lhe-ei esta carta assim mesmo.

6.

CÍRCULO NACIONAL
DOS EXÉRCITOS DE TERRA
E DE MAR
49, avenida da Ópera

(Outubro, 1926)

Recebi, Rinette, seu bilhete e enviei imediatamente o romance. Não me atrevi a juntar nenhum comentário porque pensei que a longa demora me fazia julgar mal e que não era para esquecer Pirandello. Também eu me sentiria embaraçado de enviar êsse "livrinho" e fiz dêle um "foguinho"...

É verdade que não lhe escrevi mas foi porque espero com muita ansiedade as respostas e as esperanças perdidas são inúteis. Perdoe-me. Não pense que é porque me esqueço de você. É mesmo o contrário. Não é gentil dizer-me isto.

Não fui lá porque pensei que haveria uma porção de gente. Mais absorventes ainda que os fundos de gavetas... Quando vou ver você, tenho uma porção de coisas para contar. Se volto com elas, sinto-me triste.

Veja você, não sou um tipo muito simpático. Sou um urso que só serve para pilotar em qualquer linha e o mais longe possível.

Vou deixar Paris amanhã. Latécoère criou três linhas novas. Na Argélia, na Espanha e na América do Sul. Vão requisitar-me para uma delas e vou esperar em Agay a convocação. Estou farto dêste Paris do qual muito se espera e que não dá nada. Mas a culpa é bem minha.

Queria escrever-lhe uma carta gentil. Perdoe-me esta, mas meu moral esta noite está detestável.

Talvez assim mesmo você me responderá?

Creia numa amizade que sem dúvida demonstro bem mal.

Antoine.

Castelo de Agay — Agay — Var.[1]

7.

SOCIEDADE ANÔNIMA
DOS GRANDES CAFÉS DE TOULOUSE
15, Praça Wilson

Café-Restaurante Lafayette
(Outubro, 1926)

Rinette eis-me em Toulouse. Trouxe daqueles poucos dias em Paris uma pobre lembrança. Visitas, coisas a resolver, o exame. Mudança de hotel. Transporte complicado de malas pesadíssimas cheias de livros e de uma porção de objetos extraordinários de que não fui capaz de desfazer-me. Uma prensa de gravuras, um aparelho para fazer cigarros que não me servirá para nada mas do qual senti de repente uma irresistível necessidade. E depois de súbito quinze minutos vazios à espera do trem. Quinze minutos ocos.

[1] Em casa de Madame d'Agay, irmã mais nova de Saint-Exupéry.

E êsse fim de tarde em que fiquei atrás de tudo. "Eusébio" fugia para Fontainebleau, M... ia para o cinema, você para o concêrto. Eu estava inteiramente sòzinho no cais Malaquias perto do telefone morto. Trazia comigo o chapéu e o paletó e — por tê-los guardado em uma poltrona — experimentava uma grande sensação de desconfôrto.

Agora venho enfim sentar-me tranqüilamente junto de você. O que você não me permitiu lá. E você me censurava por não cortejar uma porção de gente que eu desprezava profundamente e que me roubava sua presença — não sei definir bem meu grande rancor. Talvez por encontrá-la sempre tão pouco generosa de você mesma. A preguiça de escrever: naturalmente. Mas a gente tem preguiça quando não tem nada a dizer. Se a gente suporta ver as pessoas em grupo é a mesma coisa. E eu venho com uma porção de bagagens que nunca mais posso abrir. Seria tolice de você censurar-me por isso: foi meu êrro trazer tudo isso.

Além disso, gozo esta noite de uma serenidade filosófica na paz da distância. E depois estou com gripe. A febre me envolve agradàvelmente. Uma dorzinha de cabeça, o bastante para que eu sinta pena de mim mesmo.

E venho sentar-me junto de você o que sem dúvida você não permite também. O que a aborrece. Mas se você soubesse que pouca importância tem isso. Porque esta noite eu construo você à minha vontade, e se você soubesse como é gentil. No fundo são estas as únicas conversas que tenho com você. As que invento comigo mesmo. E você é de uma paciência. E de uma inteligência: compreende tudo. E eu tórno-me tagarela: isto é maravilhoso. Que desforra tomo de minha amiga inventada.

Porque talvez seja por isso que invento você, que estou tão prêso a você. Entretanto, às vêzes você coincide com sua imagem. Em todo caso, você a alimenta. A sua tarde de música dá muita vida a esta amiga que tenho esta noite. Você se mistura um pouco com Offenbach. Tem a côr dos abajures. Não se queixa. Não é nada mal. E depois isto nada tem a ver com você.

No fundo, escrevo-lhe tudo isto — que é verdade — pelo prazer de aborrecê-la. De outra vez serei triste. Mas minha gripe destruiu esta noite a importância das coisas. Não me sinto capaz de suportar muita melancolia. Isto torna mais fácil dizer-lhe que você não é generosa. Digo-o sem maldade, sem amargura — você não gosta de dar amargura aos outros (você não gosta de dar nada).

Sei muito bem que há pessoas que se sentem embaraçadas quando se pede muito delas. Isto lhes parece uma espécie de abuso de confiança ou um obstáculo a sua independência. Que sei eu. Aliás, é curioso. Imagino você um pouco assim. E é uma grande falta de cerimônia minha sentar-me esta noite diante de você e guardá-la como prisioneira — que sorte! E em breve prisioneira no Senegal, imagine só.

É pena que você seja às vêzes capaz de me tornar triste — e que eu me proteja tão mal. Porque sua imagem é esta noite muito leve. Se eu escrevesse versos, diria coisas bem bonitas. Diria "sua imagem — outra linha — pesa o pêso de uma pomba..." Isto é admirável. E depois é amável. Não sei se você compreende como é admirável. Essa ave considerada como algo pouco durável. A gente faz "Pfff..." e está livre. Infelizmente às vêzes é uma pedra. Diante de minha caixa de cartas posso fazer "Pfff...". Mas a pedra pesa da mesma maneira.

Eis aí. Pior para você, esta carta. Aliás, ela não é dirigida a você. Tenho bem o direito de conversar comigo mesmo. Comecei a desarrumar minhas malas, mas de má vontade.

Agora se você pensa que vou dizer-lhe a data de minha partida, como está o tempo e o que comi no jantar, está enganada. Possuo em St-Maurice um grande cofre. Escondo nêle desde a idade de sete anos meus projetos de tragédia em cinco atos, as cartas que recebo, meus retratos. Tudo o que amo, tudo em que penso e tudo de que quero lembrar-me. Às vêzes espalho tudo de qualquer maneira sôbre o assoalho. E estendido no chão revejo uma porção de coisas. Êste grande cofre é a única coisa que tem importância em minha vida.

O resto, o tempo que está fazendo, o que como no jantar, o que serei, pouco se me dá.

Não tenho mais nada a dizer a sua imagem...

Antoine.

8.

FLORIDA KURSAAL
Rua da Tannerie
Dancing Ultra Moderno

Tânger, 4 de outubro de 1926

Rinette, lamentei não receber uma palavra sua antes de partir.

Parti esta manhã de Toulouse e ainda não me habituei com a idéia de estar em Marrocos... Nem fronteiras, nem alfândegas, nem árvores a desfilar, nada que fixe a idéia de ter mudado de país. E êste bar é igual aos outros — apenas fala-se espanhol.

Amanhã, a caminho para mais longe.
Quando escreverá você?

Antoine.

9.

SOCIEDADE ANÔNIMA
DOS GRANDES CAFÉS DE TOULOUSE
15, Praça Wilson

Toulouse, 22-10-1926

Minha velha Rinette,

Para que você não me acuse do esquecimento: êste bilhete heróico (estou com os dedos gelados e inúmeros cafés ainda não me esquentaram).

Enquanto espero partir em reconhecimento (viagem como passageiro a Casablanca e volta) recepciono aviões novos. Sinto-me feliz. Mas é uma grande solidão a dêste país. Tenha a bondade de escrever-me — não valerá um serão na rua Saint-Guillaume mas sentir-me-ei feliz da mesma maneira.

O tempo está lamentável. Esta tarde, experimentei durante uma hora um avião nôvo debaixo de uma chuva de dilúvio e a cem metros do solo. Você não acharia a aviação simpática. Aquilo parecia mais um banho.

Você é uma boa amiga mas não sei expressar bem as coisas. Apenas penso nelas.

Antoine.

13, rua Alsace-Lorraine, Toulouse.

10.

SOCIEDADE ANÔNIMA
DOS GRANDES CAFÉS DE TOULOUSE
15, Praça Wilson

Café Lafayette, (Outubro de 1926)

Rinette você não é uma boa amiga. Por que se obstina em não responder? Por que quando telefono você exclama "É você? Ah sim. Bom dia. Desligue depressa."?

Entretanto, sinto-me tão sòzinho mas você nem se importa. Como será daqui a alguns meses? Fico aborrecido com você mais do que você pensa.

Acabo de chegar de Casablanca. Talvez volte para lá definitivamente. Talvez também para o Senegal.

Não lhe conto minha viagem porque você tem outras ocupações. Talvez esteja você fazendo Direito, como "Eusébio", que não pode escrever por causa disso. (Há quatro anos êle não pode escrever por causa disso.)

Escreva-me assim mesmo antes que eu morra, pois depois ser-me-á inteiramente indiferente e deixá-la-ei em paz.

Seu velho

Antoine.

11.

SOCIEDADE ANÔNIMA
DOS GRANDES CAFÉS DE TOULOUSE
15, Praça Wilson

Café Lafayette

Toulouse, 24 de outubro de 1926

Rinette perdoe-me o bilhete de outro dia. Escrevo-lhe de nôvo hoje.

Acabo de passar um domingo bastante monótono. Uma chuva perseverante. Um domingo perdido porque tive de levantar-me às seis horas para levar um Bréguet a pastar entre as nuvens. Depois de dez mintutos êle manifestou o desejo imperioso de voltar ao curral. (E eis-me falando como o abade Delille... Oh! a vida do campo!) E por causa de dez minutos de vôo, todo um domingo sonolento. Passei o dia comprando fósforos, cigarros e selos. A caixeira daqui do lado é tão bonita. Já tenho no quarto mais de trinta caixas de fósforos e selos para quarenta anos. Resultado melancólico de oito dias de amor.

É um encanto uma caixeira. O balcão é belo como um trono. A gente se sente muito longe e muito pequeno. E escuta com embriaguez "quarenta cêntimos...". E procura tôdas as palavras de amor que sabe.

Pergunto a mim mesmo em que pensa uma caixeira?

Talvez em nada, mas tem um ar de quem pensa.

Como sinto falta de meus amigos! Tenho poucos mas por isso mais me apego a êles. E se eu só voltar daqui há muito tempo com uma enorme barba branca vocês todos me terão esquecido. E isso me aborrece porque não sei para onde vou. Alicante, Marrocos ou Dakar segundo a vontade dos deuses.

Essa frase que acabo de escrever me deu tanta melancolia que fui telefonar para você. Naturalmente você não estava. Arrumava gavetas em algum lugar? Sempre, quando preciso de você.

Rinette, a aviação é uma coisa maravilhosa. E aqui não é brinquedo e é assim que eu gosto. Também não é um esporte como no Bourget mas algo diferente, inexplicável, uma espécie de guerra. É uma beleza a partida de um correio na madrugada, sob a chuva. E a turma da noite, sonolenta, a tempestade que cai na Espanha e que acordará o pilôto, a bruma sôbre os Pireneus. Depois, após a partida, enquanto êle resolve problemas a gente se dispersa pela lama. Rinette, gostaria muito de ter partido.

Eis aí. Gostaria de ter telefonado. É verdade que não sei falar e diria "alô... alô..." para ter coragem. É triste ser mudo. Gostaria de ser um belo gigolô com uma bela gravata e uma magnífica coleção de discos de gramofone. Deveria ter começado mais cedo, já é muito tarde. E lamento-o muito. Agora que começo a ficar calvo não vale mais a pena tentar. Sonho tristemente diante das vitrinas das camisarias e das sapatarias. Minha experiência será útil se um dia a gente se reencarnar. Isto me consola pouco.

Gostaria bem que gostassem de mim e me achassem encantador e admirassem minhas unhas. Sou o único a achar belas minhas mãos cobertas de óleo.

Acho que meu monólogo a está aborrecendo. Estou ao mesmo tempo triste e feliz e isso não deixa a gente exprimir-se claramente e com lógica. E como estou longe de todos os meus amigos e numa grande solidão, sinto-me como um bisavô.

Você deveria escrever-me, sabe?

Adeus, minha velha Rinette.

Antoine.

13, rua Alsace-Lorraine, Toulouse.

12.

LA IBENSE
FABRICA DE HELADOS FINOS
Casa Central
Méndez Nuñez, 4

Alicante, (Novembro de 1926)

Escrevi-lhe três cartas ontem e rasguei-as tôdas. É inútil dizer coisas demais. Depois telefonei-lhe.

E escrever-lhe-ei esta noite uma carta mais indiferente, porque compreendo bem que não se deve contar muito com você. Era preciso que você reunisse um número muito grande de condições favoráveis para que lhe fôsse possível ajudar alguém. Você não pode escrever "sem mais nem menos", explicou-me isso e não compreendi bem. Eu ia partir para lugares bem mais distantes que Asnières ou Bois-Colombes. Não é de modo algum a mesma coisa, Rinette.

E não sei bem por que escrevo. Sinto grande necessidade de uma amizade a quem possa confiar as pequeninas coisas que me ocorrem. Com quem compartilhar. Não sei mais por que escolho você. Você é tão estranha. O papel devolve minhas frases. Já não posso imaginar o rosto inclinado que lê, ser generoso de meu sol, de meus bolos e de meus sonhos. Escrevo uma carta tranqüilamente, para animar-me, sem acreditar muito nela. Escrevo talvez para mim mesmo.

Não vou partir quarta-feira, mas sim sexta-feira. Estou bastante contente embora seja meia-noite. Isto me recorda meus sonhos de partida quando era menino. Sob um lampião no campo. Quando a "gente grande" joga bridge e as crianças ficam muito sérias. A China era verde, o Japão azul, duas manchas profundas. Lia-se na página de trás "os Malaios têm os olhos pretos" "os Haitianos têm os olhos azuis". Com certeza troco as côres mas compreendi bem naquela noite que nunca havia visto um verdadeiro ôlho prêto, um verdadeiro ôlho azul. Os que conhecia, adivinhava que eram cópias. Parto então em parte para conquistá-los.

E depois há um outro modo de viajar e ontem eu estava muito longe. Tão longe que ainda me sinto à parte e um pouco distante, um pouco indulgente. Pensei como nunca em matar-me, justamente no dia de minha queda. Descia de três mil quando senti um choque — pensei numa ruptura — e meu avião progressivamente desgovernou-se. A cêrca de dois mil os comandos estavam fora de contrôle, eu já não sabia a latitude. Achei que a queda era tão certa que escrevi a tinta, visìvelmente, num quadrante "Ruptura. Procurar. Impossível evitar queda". Não queria que me acusassem de ter-me matado por imprudência, essa idéia me irritava. Olhei com uma espécie de espanto os campos onde ia cair. Era algo nôvo para mim. Sentia que me tornava branco, invadido pelo mêdo. Um mêdo profundo mas não odioso. Uma nova compreensão, indefinível.

Não era uma ruptura e pude chegar até o solo. Nem por um segundo acreditaria nisso. Quando desci do avião não disse nada. Estava indiferente a tudo e pensava que jamais me compreenderiam. Pelo menos no essencial. Em que mundo eu tinha entrado fraudulentamente. Um mundo de que poucas vêzes se retorna para descrevê-lo. E a impotência das palavras, como falar dêsses campos e dêsse sol calmo. Como dizer "compreendi os campos, o sol..." E entretanto era verdade. Durante alguns segundos, senti, em sua plenitude, a resplandescente calma daquele dia. Um dia sòlidamente construído como uma casa onde eu estava à vontade, onde me sentia bem, de onde ia ser expulso. Um dia com seu sol matinal, seu céu alto e aquela terra onde traçavam pacìficamente finos sulcos. Que suave trabalho.

Depois nas ruas encontrava varredores que limpavam a parte daquele mundo que lhes cabia. Era-lhes grato por isso. E policiais que asseguravam a paz em um território de cem metros. E havia uma lógica profunda em ordenar assim aquela casa. Eu estava de volta, estava protegido, amava a vida.

E você não compreende, nem ninguém. E eu queria obrigar alguém a compreender. Por que justamente você, que não se importa? Que se mostrará distraída?

Isso me recorda um rosto. Eu tinha dito algo tão essencial para mim, tão importante que via meu pensamento continuar-se sob aquêle rosto. Lia-lhe a expressão e tudo o que nela refletia meu pensamento. E de repente senti-a fugir na areia. Não deixava mais nem traço de prazer nem de embaraço nem esfôrço para compreender. Senti o momento exato da distração. Uma distração tão rápida que tinha um sentido e pensei nesta expressão maravilhosa "desanuviar o rosto". Um campo de trigo que muda de côr.

Levo Nietzsche debaixo do braço. Gosto imensamente dêste sujeito. E desta solidão. Deitar-me-ei na areia em Cap Juby e lerei Nietzsche. Há coisas que adoro "meu coração onde se consome meu verão, êste verão curto, quente, melancólico e feliz..." Gostaria que você compartilhasse também essa paixão mas você não compartilha nada.

Antoine.

Acho que você não vai responder a esta carta apesar de eu só partir sexta-feira, pois, se me escreveu ontem, terá cumprido seu dever.

13.

Toulouse, 24 de novembro de 1925

Acabo de chegar. Nada encontrei de você. Não me escreva, não vale a pena. Veja, para nada esperar, não lhe dou meu enderêço. Também sou muito ridículo. Não tem sentido mendigar assim uma amizade. Eu sentia necessidade de escrever-lhe e você não sentia nenhuma necessidade de escrever-me. Isso acontece. Julgo-a talvez injustamente mas sinto-me melhor assim. Não lhe escreverei mais, mesmo se você me escrever, pouco importa: você nem mesmo foi capaz de fazê-lo na noite em que o prometeu. Não sei por que esta carta partirá. Outro dia rasguei três e posso bem rasgar quatro. Bah, é meu adeus. E não se sinta obrigada a justificar-se: acho que agora isto me é indiferente. Meu êrro, Rinette, foi ter-lhe pedido demasiado. Ter esperado demasiado de você... percebo isto agora e é pena. Perco uma boa amizade e não lhe quero mal por isso. A culpa é minha, se não posso voltar atrás e contentar-me com pouca coisa.

A.

14.

SOCIEDADE ANÔNIMA
DOS GRANDES CAFÉS DE TOULOUSE
15, Praça Wilson

Café-Restaurante Lafayette
(Dezembro de 1926)

Rinette, perdoe-me... Enquanto eu lhe escrevia você me escrevia – e uma carta que me deu um tão grande prazer.

Rinette, você deve escrever-me algumas vêzes...

Fiz uma viagem engraçada. Acordando às quatro horas da manhã em Toulouse, continuei a dormir em Tânger. Não tive tempo de adaptar-me nem à Espanha nem ao Marrocos. Os árabes e seus camelos parecem sair de um circo. Imagine: uma viagem sem alfândegas, sem fronteiras, uma viagem a três mil onde o solo não desfila. Uma viagem imóvel.

É uma vida engraçada esta de não estar em parte nenhuma em cima de um solo anônimo, uniforme, de descobrir de repente um pequenino canto do Marrocos, um pequenino canto da Espanha, de levar como única lembrança um sanduíche.

Pois na ida só passei dez minutos em Alicante. Mas na volta dormi lá. E agora a única coisa que conheço da Espanha é Pepita, nossa hospedeira. Os companheiros dizem que ela é "um belo espécime" mas eu não acho a Espanha bonita...

É engraçado entrar nos países pelo interior, quase nascer nêles. Sem nomes das estações que mudam de som, sem guardas de alfândega nem carregadores nem cocheiros de fiacres que façam as honras do lugar. Ainda entorpecida a gente se mistura com a vidazinha da cidadezinha, sem transição. É raro entrar-se pelos bairros. A Espanha é apenas, Rinette, um garçom de café e Pepita, que não é muito bonita.

É quase triste.

É também um país cheio de elevações onde não é nada bom ter uma pane. Por causa do teto baixo, em certos pontos a gente flanqueia um penhasco a pique. Um companheiro me dizia enèrgicamente: "Lá a gente nem mesmo tem com que matar-se. É-se obrigado a afundar."

E mais isto. Na véspera de minha partida a direção me chamou para aconselhar-me. Entre outros conselhos, o de nunca deixar que as nuvens se fechem sob mim e passar sempre para baixo a tempo, pelo último buraco, ainda que tenha de navegar a cinqüenta metros. (Numa região tão montanhosa como a Espanha os picos mergulham nas nuvens e ao descer, com pane ou não, a gente se choca com êles sem os ver.) Disseram-me: "é muito bonito navegar pela bússola acima do mar de nuvens, mas lembre-se: abaixo está a eternidade". E agora quando vejo uma dessas planícies brancas tão suaves, tão pacíficas e penso nas palavras "Abaixo está a eternidade" invade-me uma sensação de isolamento que creio ser difícil atingir — e que é quase maravilhosa.

Você não reconheceria a aviação do Bourget, a mentalidade do Bourget. Aqui é inteiramente diferente. É mais duro mas melhor.

Quanto a Toulouse — oh Rinette — vivo lá minha vidinha provincial. Passo à direita dêste poste e no café sento-me em determinada cadeira. Compro o jornal na mesma banca e digo sempre as mesmas palavras à vendedora. E os mesmos companheiros, Rinette... e me invade, Rinette, uma necessidade imensa de evadir-me e sentir-me nôvo. Então emigrarei para um outro café, para um outro poste ou uma outra banca e inventarei uma nova frase à vendedora. Uma frase bem mais bonita.

Canso-me muito depressa de mim mesmo, Rinette, por isso nunca farei nada na vida. Sinto uma necessidade demasiado grande de ser livre.

E êstes companheiros que pensam todos da mesma maneira me enfadam e por causa disso só tenho dois ou três amigos — e com êles sinto-me em paz. E é por isso que você deve escrever-me às vêzes, mesmo se isto exigir um grande heroísmo — porque você é, Rinette, uma velha amiga...

Antoine.

15.

PALMARIUM
Perpignan
BOÎTE AUX LETTRES
BUFFET FROID
Encontro dos Viajantes
e Negociantes.

(Dezembro de 1926)

Rinette, como você é pouco gentil comigo. Nunca mais lhe escreverei porque não gosto da decepção de cada correio. Para você isso não tem importância mas estou inteiramente sòzinho aqui e meu prazer é feito de pequeninas coisas. E depois você se recusa a escrever cartas que sejam uma conversa. E as cartas de polidez de três em três meses me aborrecem. Você diz consigo mesma "Meu Deus! Mais uma carta para responder". Assim não vale a pena. E depois talvez isso irrite você de alguma maneira: as pessoas são tão complicadas.

É bastante imprudente dar às pessoas êsse direito de que você falava — o direito de aborrecer os outros. Elas se aproveitam disso... Acho que estou sendo completamente idiota ao dizer-lhe isso. Mas não me importa.

Estou em Perpignan por causa de uma pane. Voltarei amanhã para Toulouse. Perpignan está esta noite absolutamente lúgubre. Andei sem rumo por ruazinhas que sobem. E cheias de armarinhos. Não conheço nada mais triste que os armarinhos. As caixeiras vendem três tostões de linha, dois tostões de agulhas, não têm nenhuma esperança de Hispano. E passam a vida atrás da cortina das janelas. Uma cortina de rendas. E no quarto há um relógio em cima da lareira mais eterno que um carcereiro. E a vida delas é tôda feita de hábitos. É uma tamanha prisão. Tenho tanto mêdo dos hábitos.

Mas é bem verdade que êles consolam um pouco e fazem-me muita falta. Durmo amanhã em Toulouse, depois-de-amanhã em Alicante e nunca me reconheço. A maior felicidade é ser um bom sujeito idiota, que volta da caça e esfrega as mãos diante do fogo dizendo "Arre!" E leva quinze minutos para encher o cachimbo. É ainda melhor que ser gigolô. Descobri isso esta noite.

Tôda a neve dos Pireneus vista do alto era côr-de-rosa. Também o eram os pântanos de Narbonne ao longe. Faça uma idéia. Com a velocidade reduzida, eu deixava o avião planar para Perpignan que estava azul. Uma beleza. Mas descrito torna-se tão banal... Você não pode imaginar o encanto de uma descida quando a gente não teme mais a pane, nem a bruma, nem aquelas nuvens baixas que se fecham sob nós e sôbre as montanhas "abaixo das quais está a eternidade". O motor pode falhar, pouco importa, temos a certeza de alcançar aquêle retângulo verde. Apóio-me bem no encôsto e piloto o avião observando o ponteiro do vento. Se desço verticalmente êle sobe. Se seguro demasiado o avião êle morre suavemente. Depois as últimas casas, as últimas árvores abandonadas, perdidas atrás: a aterrissagem. É delicioso aterrissar. Em seguida a gente se aborrece. Não encontra cartas. Não lhe perdôo isso.

Antoine.

16.

SOCIEDADE ANÔNIMA
DOS GRANDES CAFÉS DE TOULOUSE
15, Praça Wilson

Toulouse (Dezembro de 1926)

Encontrei suas duas cartas, Rinette. Não queria enviar as minhas. E depois afinal...

Disseram-me esta noite para fazer as malas — parto a qualquer hora para o Senegal. Talvez leve dois dias ou três dias ou dez dias. Talvez você tenha tempo de escrever-me.

Estou ainda um pouco cansado de minha viagem. Foi bastante movimentada. Sofri uma pane desagradável e um acidente perto de Rabat. Não podia fazer nada, não havia um terreno aceitável. O avião já não se parece muito com um avião mas eu não mudei. Nem mesmo uma contusão.

Na Espanha encontrei uma tempestade. Dancei dentro dela durante nove horas. No mesmo dia, nove horas de Alicante a Toulouse. Você pode imaginar meu cansaço.

E agora estou um pouco desanimado de partir. No dia da partida estarei melhor.

Adeus, minha velha Rinette.

Antoine.

17.

Alicante, 1.º de janeiro de 1927

São duas horas da manhã, Rinette. Desembarquei esta tarde de Toulouse depois de uma viagem sem novidades. Que tempo adorável. Alicante é o lugar mais quente da Europa, o único onde os damascos amadurecem. E eu também — quase — debaixo dêste céu claro. Passeio sem capote, espantado com esta noite das Mil e Uma Noites, com as palmeiras, com as tranqüilas estrêlas e com um mar tão discreto que a gente não o escuta, não o vê, que mal se movimenta.

Saltando do avião senti-me inteiramente jovem. Tinha vontade de estender-me na relva e bocejar com tôdas as fôrças o que é bem agradável e de espreguiçar, o que o é também. Êste sol favorecia meus sonhos mais indecisos e os trazia à luz. Eu tinha mil razões para ser feliz. E os cocheiros dos fiacres também e também os engraxates que se esmeravam nos sapatos, acariciavam-nos e riam quando terminavam. Que dia de ano cheio de promessas. Que riqueza viver hoje.

Eu tinha jurado não escrever mais. Mas acabo de dar três cigarros a um mendigo porque êle estava com um ar tão feliz que eu quis fazer essa expressão durar. Sinto-me cheio de bondade e de indulgência. Por isso perdôo-lhe. E depois... telefonei outro dia para Bertrand com uma hipocrisia que me esforcei para não reconhecer. E você me domesticou e tornei-me muito humilde. No fundo, é bom deixar-se domesticar. Mas você me custará outros dias tristes e fiz mal.

Rinette, não é por maldade que digo isso, mas estas coisas têm para mim muito mais importância que para você. Não é justo que eu pague com um pouco de mal uma simples preguiça. É até gentil. Mas você não sabe compreender.

Bolas. No momento estou escutando um piano mecânico... É formidável. E tôdas as espanholas são heroínas de ópera. Tenho a impressão. Por causa do piano mecânico. Uma delas chora num canto, gostaria bem de saber por que, pois é a única de Alicante. Cinco ou seis mulheres gordas consolam-na gritando tôdas ao mesmo tempo. É uma balbúrdia! Mas ela não quer compreender que é feliz. Faz questão de alimentar sua bonita tristeza.

Rinette adeus. Talvez eu encontre cartas suas ao voltar. Vou passear ainda na intimidade das espanholas. Neste tempo tão agradável todo o mundo tem um segrêdo mas não importa. Pois olhamos uns para os outros e sorrimos. E para sorrir não é necessário saber três palavras de espanhol, então eu falo...

Levo meu papel de cartas debaixo do braço, para o caso de sentir vontade de escrever-lhe ainda esta noite.

E se não escrever...

Antoine.

18.

LA IBENSE
FABRICA DE HELADOS FINOS
Méndez Nuñez, 4

Alicante, 2 de janeiro de 1926 (1927)

Rinette, continuo em Casablanca por causa de um correio que sofreu pane. Estou bem contente.

O tempo continua o mesmo mas estou um pouco melancólico por causa de meu estômago. Quis assimilar um pouco a Espanha, e experimentei todos os pequenos horrores que nos oferecem no terraço dos cafés. Comecei com uma dezena de pequenos polvos. Continuei com bolos bizarros que nos servem em grandes pedaços. Exteriormente é um belo aspecto.

Interiormente é muito menos engraçado.

Agora acabo de me fazer fotografar em pôses nobres por três fotógrafos ambulantes. Não sou lá muito bonito e um companheiro observou amàvelmente que poderiam "assim mesmo ter feito coisa melhor". Mas apareço encostado em palmeiras. Isso tem estilo. Depois fiz um passeio pelo mar.

E agora vou ao cinema. Depois disso, deito-me e amanhã de manhã parto para Casa.

Rinette minha velha escreva-me

Antoine.

19.

Casablanca, 3 de janeiro de 1927

É ainda uma hora da manhã. Partirei dentro de cinco horas mas estou sem sono. Entretanto estou comportadamente deitado.

Acho que me dará prazer escrever-lhe. Imagino que nesta hora você está dormindo, e então posso bem contar-lhe tudo que me vier à cabeça.

Está caindo uma tempestade. A vidraça bate em uma cadência engraçada. É a própria linguagem telegráfica ou dos espíritos. Procuro decifrar, não sou capaz. Entretanto, gostaria de saber muitas coisas.

Os raros táxis fazem um barulho lúgubre numa cidade que, dorme. Também não gosto dêstes passos na rua. Tudo o que passa por mim me inquieta, eu poderia ser tão feliz.

Meu quarto é bem bonito. É uma pena que eu tenha os sapatos sôbre a mesa. Isso estraga a paisagem.

Rinette, à noite não sou o mesmo. Sinto às vêzes um pouco de angústia quando fico na cama com os olhos abertos. Não gosto que me avisem que há bruma. Não quero quebrar a cabeça amanhã. O mundo não perderia muita coisa mas eu perderia tudo. Penso no que possuo em amizades e recordações e sol em Alicante. E êste tapête árabe que comprei hoje, que me dá uma alma pesada de proprietário, eu que era tão leve, que não tinha nada.

Rinette, tenho um companheiro cujas mãos foram queimadas. Não quero que minhas mãos se queimem. Olho-as e amo-as. Sabem escrever, amarrar sapatos, improvisar óperas de que você não gosta mas que me enternecem, isto exigiu vinte anos de exercícios. E às vêzes elas aprisionam rostos. Um rosto. Imagine.

Rinette, estou esta noite inquieto como uma lebre e não gosto muito desta história de Dakar. É do que me dizem aqui a respeito: "está em efervescência. Os próximos pilotos que sofrerem pane serão massacrados pelos mouros". Massacrados pelos mouros... Não me agrada esta frase ressoando na noite. A noite tôda me parece frágil. E o que me liga a todos os que amo. Que dormem. Estou mais inquieto velando de meu leito a noite que se estivesse velando um doente. Estou velando os que amo. Guardo tão mal todos os meus tesouros.

Sou um pouco imbecil. De dia tudo é simples. Gosto de partir e do perigo. Gosto disso de dia mas não de noite.

À noite fico sem coragem e tenho pena de mim mesmo.

Preciso ainda contar-lhe uma coisa triste. Eu tinha um amigo formidável que morreu há três meses em Tânger. Fiz em Tânger uma estranha peregrinação. Procurei-o. Onde poderia eu procurá-lo. Pensei nas mulheres dos bares. Êle era formidável: com certeza elas deviam gostar muito dêle.

Rinette, elas o guardaram mal. Foram infiéis, deixaram escapar tôdas as lembranças preciosas. Entretanto era lá que era preciso procurar; era o esfôrço mais fiel porque a gente dá a quem pode o que tem a dar de si mesmo. E a família dêle compunha-se de imbecis. Mas as mulheres não sabem às vêzes o valor do que a gente dá. E elas lhe roubaram o que êle tinha de melhor e de mais espiritual, sem admirar nada.

Rinette minha velha amiga, não compreendo nada da vida.

Assim mesmo é preciso que eu a deixe. Êste par de sapatos me irrita: vou apagar a luz.

Antoine.

20.

HOTEL EXCELSIOR
Praça de França
CASABLANCA

(14 de janeiro de 1927)

Rinette, deixei Toulouse por um dia. E há cinco dias que navego à vontade dos deuses. Já nem sei bem onde estou. Almocei ontem em Alicante e jantei em Málaga. Talvez haja uma carta sua em Toulouse. Amadurece suavemente em minha caixa de cartas. E terá para mim um gôsto delicioso e fá-la-ei dizer mil coisas que você nunca me disse.

Pois leio as cartas como um traidor. Procuro a expressão e a entonação e o sorriso. E desespera-me não saber pronunciar "o tempo está bom" isso pode significar tantas coisas. "Está chovendo" também. Isso pode significar "que felicidade!, está chovendo. Está chovendo mas pouco importa..." ou então "Meu Deus, como você me aborrece" ou então ainda "não sei por que lhe escrevo. Não tenho nada a dizer-lhe. Está chovendo".

É o tom que interpreto a meu modo.

E tenho uma carta em Toulouse.

E tenho lá também camisas e colarinhos e lenços. E sabão naturalmente. Trouxe como única bagagem uma escôva de dentes e um pente. (Um pente para duas pessoas. Adoro êste detalhe), isto me bastaria em Perpignan — para onde ia. Mas sou brinquedo dos ventos e sonho com roupa limpa, água-de-colônia, banhos. Uma porção de coisas que perfumam. Preciso de uma reforma. Sinto-me cheio de óleo e estragado pelo cansaço.

Mas meu cabelo está perfeitamente partido. Aproveito meu pente.

Ainda estou com o vôo desta tarde na cabeça por causa do cansaço. As discussões com a paisagem. Segundo o mapa a rota devia cortar a estrada de ferro. O cruzamento é um ponto de referência. Mas a estrada aproxima-se, toca de leve a rota, afasta-se. Zomba de nós e da rota e a gente xinga. "Você tem uns modos! Anda. Atravessa..." Envergonhada ela corre para a esquerda. Que diabo, onde estamos?

E esta floresta que a gente julgava densa. Que é no mapa uma bela mancha verde. A gente a procura mas ela está bem lá. "Ah é você a floresta? Nunca o pensaria. Foi comida pelas traças". E a gente olha com melancolia êsse capacho ralo que é verde no mapa.

Não lhe falo dos deuses hostis das montanhas. A gente surge de repente para vencê-los. Está-se a três mil, cheio de orgulho. Mas os deuses hostis nos puxam pelos pés e o altímetro cai velozmente "3.000... 2.500... 2.000... 1.500... 1.000..." e a gente junto com êle até que se dá meia-volta, porque a montanha fica mais alta que nós e os deuses hostis riem. E procura-se fugir pelo vale com a mesma calma que uma omelete em uma frigideira, pois os deuses hostis jogam tênis conosco.

Ontem ultrapassei cinco vêzes o plano superior. Havia uma passagem superior que estava 99% desmaiada. Não é a mesma coisa que o Bourget...

Depois, durante algum tempo, a gente só se assenta com um sorriso constrangido.

Rinette, estou tonto de sono, estou caindo de sono. Cada frase que digo termina em sonho e você só vê um lado dêsse sonho. E fico desesperado por não conseguir expressar tudo o que penso dizer-lhe. Já não estou muito certo de estar em Casablanca. Já não estou muito certo de sua existência. Deixe-me ir deitar ou durmo diante de você o que não seria polido.

Rinette, já não posso mais. Foi um heroísmo escrever.

Antoine.

21.

Portugal. Vista de Lisboa (*Vista d'Avião*).
CARTÃO POSTAL

Lisboa, 12-9-29

Minha velha Rinette,

Vou partir – ai! – para a América do Sul. Passei em Paris dois dias melancólicos: não vi ninguém. Esta partida foi tão repentina!

Creia em minha grande amizade,

Antoine.

22.

Buenos Aires, 23 de janeiro (de 1930)

Rinete, que surprêsa! Tinha tão pouca esperança de receber um bilhete seu. Certamente êle me trouxe mais do que você pensa. Detesto tanto a Argentina em que vivo – e sobretudo Buenos Aires – que foi como uma invasão de mil coisas adoráveis e esquecidas. Portos, gramofone, conversa à noite ao voltar do cinema. E o rapaz da casa Lipp, e "Eusébio", e minha encantadora miséria de que sinto saudades porque os dias tinham côres diferentes do princípio ao fim do mês. Cada mês era uma bela aventura – e o mundo era magnífico, pois eu desejava tudo, desde que nada podia ter. A gente sente em si então um coração enorme. Agora que comprei esta bela valise de couro com que sonhava, êste chapéu extra flexível e êste cronômetro de três ponteiros, nada mais tenho a esperar. E nestes meses, sem fins de mês, como a vida é mal ritmada, como é monótona.

Mas sobretudo não me sinto mais uma sombra leve (impressão inteiramente pessoal que eu tinha) sinto-me pesado e envelhecido por um trabalho que não desejei – pois sou diretor de exploração da Companhia Aeroposta Argentina, filial da Aeropostal e criada para as linhas interiores. Tenho uma rêde de três mil e oitocentos quilômetros que me suga, de minuto a minuto, tudo o que me restava de juventude e de liberdade bem-amada. Ganho vinte e cinco mil francos por mês com os quais não sei o que fazer e que me cansa gastar, e começo a abafar em um quarto onde acumulo mil objetos que jamais me servirão, que me aborrecem desde que passam a ser meus, e no entanto todo dia aumento-lhes o número. – Sem dúvida faço sem sabê-lo oferendas a um deus desconhecido.

Moro num pequeno apartamento em um edifício de quinze andares: sete acima, sete abaixo de mim e uma enorme cidade de cimento ao redor. Eu teria a mesma sensação de leveza no meio da Grande Pirâmide. Teria a mesma sensação de belos passeios para fazer. Infelizmente aqui ainda há além de tudo os argentinos.

Pergunto a mim mesmo se haverá estações em Buenos Aires. Fico imaginando como pode a primavera atravessar êstes milhares de metros cúbicos de cimento. Acho que na primavera um gerânio num vaso, na janela, morre. Eu gostava tanto da primavera em Paris. Aquela alegria de viver que me invadia ao mesmo tempo que invadia os castanheiros da avenida Saint-Germain. Aquela sensação inexplicável de presença espalhada em tôda parte.

Mas não sei se devo ter saudades de Paris: atualmente sinto-me lá tão pouco à vontade, as pessoas lá têm tantas ocupações com as quais nada tenho a ver. Dão-me pedaços de seu tempo: já não possuo mais meu lugar invisível e a gente sente isso terrìvelmente bem.

Minha única consolação é pilotar. Faço inspeções, experiências, reconhecimento de novas linhas. Nunca voei tanto. Anteontem voltei do extremo sul: 2.500 quilômetros num dia: um belo reidezinho?

É esta a primeira vez desde Dakar que lhe posso falar sem amargura. Quis-lhe muito mal por causa disso! É curioso como você sabe não compreender nada quando o deseja. Entretanto essas coisas longínquas são inofensivas. Eu era um rapaz bôbo e ridículo. Ou melhor — antes de Dakar — um pouco enganado pelas ilusões da juventude. Por suas esperanças. Você era extremamente razoável. Pelo menos acho assim. Isto me fêz mal, depois bem. Agora tudo está em ordem.

E já me estou tornando amargo de nôvo. É contra minha vontade. Acho que defendo a criança que eu era...

Não deixe de dizer-me quando chegará: pedirei à Companhia da qual depende a linha do Rio que me deixe fazer um correio: vou esperar por você ou então já nos encontraremos lá. Serei encantador. Levá-la-ei para beber, ler-lhe-ei meu segundo livro, convidá-la-ei a almoçar e levá-la-ei para voar sôbre o Rio. Talvez serei melancólico por causa da criança que fui.

Você virá também a esta cidade infeliz? Conhece Buenos Aires? Não me lembro. Se você vier, sentir-me-ei feliz.

Escreva por avião. Na verdade não vale a pena nós nos fatigarmos tanto transportando malas postais se as cartas que nos enviam vêm por navio.

Adeus, Rinette.

Antoine.

Passage Güemes
Departamento 605
Calle Florida
Buenos Aires
Argentina

23.

Ora, Rinette, acabei sabendo inteiramente por acaso que você estava no Rio: você nem mo disse. Teria sido tão fácil ir lá na semana passada.

Poderia talvez ir ainda mas sem dúvida você está comprometida para almoços, jantares, festas, e estará invisível. E depois você parece fazer tão pouca questão disso.

Se o avião que vem do Norte ainda não passou, talvez você tenha tempo de enviar-me um bilhete.

Você está prêsa a tantas lembranças, você é uma parte tão grande da vida passada que eu não julgaria possível, ao ir à França, não ver você.

Você vem ao Rio e acha isso muito possível. E, é estranho, sinto-me um pouco envelhecido ao ver tôdas as minhas lembranças envelhecerem.

Antoine.
Reconquista 240 Buenos Aires
(18 de julho de 1930)

24.

AEROPOSTA ARGENTINA
Reconquista 240

Buenos Aires (25 de julho de 1930)

Rinette, escrevo-lhe outro bilhete. Não sei se poderei ir ao Rio. Perdi a única oportunidade na semana passada quando ainda não sabia que você estava aí. Isto me desola um pouco.

Quando me responderá você?

Você conhece, Rinette, minha velha amizade.

Antoine.

25.[1]

Agay (Var)

Eis aí... — Resoluções prudentes, cartas rasgadas, durante dois anos, quantas cartas rasgadas — e depois junto ao fogo, à meia-noite, tôdas as resoluções cedem. E ofereço-me o luxo de uma pequenina imprudência e uma pequenina derrota. E bebo chá bem doce. E perfumo-me junto dêste fogo que cheira a eucalipto e resina. E acho mesmo que sorrio tranqüilamente, para mim mesmo, pois não sinto vergonha...

Mas contar-lhe o quê? Sou um pouco prudente. Perto de você esta noite ficaria sem falar, durante uma hora. Inteiramente ocupado em não denunciar um pequeno pensamento adormecido, em saboreá-lo sem confessá-lo a mim mesmo. Doce enquanto está ainda adormecido. Você me ensinou a enganar-me a mim mesmo! Também devo escrever-lhe uma carta que não signifique absolutamente nada.

[1] Sem data. Provàvelmente da primavera de 1931.

Alguns passos num jardim. Ou então uma carta de despertar, quando a gente se espreguiça, quando ainda não sabe bem por que é bom viver.

Sobretudo nada quero esperar. Em Toulouse eu ia de hora em hora, do outro extremo da cidade, ver minha caixa de cartas. Voltava às vêzes de Marrocos depois de três dias de ausência. Três dias imensos durante os quais tôdas as mulheres do mundo teriam tempo de escrever-me. Que dizer de uma só! Eu gostava de dar essa liberdade de três dias. Preparavam-me uma surprêsa e eu ia passear para não atrapalhar. Oh ingênuo. Na verdade eu era rapaz bem infeliz. E escrevia à noite, do Café Lafayette, cartas cujas frases não tinham importância mas que escondiam meus segredos sob a entonação das palavras. E quando eu dizia "Alicante", Alicante com seu sol e suas laranjas... Mas era tão sorridente, mas era transparente como um rosto! E durante aquêle inverno tôdas as primaveras que eu denunciava no mundo — em Málaga, em Cartagena — tôdas aquelas primaveras que confessava... Eu estava louco.

Pois desejava sobretudo não compreender nada. Meus segredos tão mal defendidos nada tinham a temer. Mais tarde escreviam-me para o Senegal "Envie-me depressa outras cartas, gosto tanto de suas cartas..." E eu tinha ciúme de minhas cartas e era igual àquele homem que ofereceu, por delicadeza, uma pedra verdadeira como falsa. Aproveitavam-se disso, agradeciam-lhe a pedra falsa "Envie-me depressa uma outra..." E "Que miserável que não me envia outras!" Pobre homem.

Sem dúvida. Eu preferia ser cortado em pedacinhos a escrever.

Mas o apaziguamento dos anos, tantas passagens diferentes, ou ainda as mulheres de Casablanca, ou talvez uma certa velhice no coração, enfim, tudo isso... Talvez isso não tenha mais importância.

Sem dúvida minto um pouco.

Sem dúvida houve aquêle truque pouco leal de uma canção da "Vida Parisiense" e a tentativa traidora de uma outra canção sôbre a guitarra. Sem dúvida aquela que Dalila cantava para cortar os cabelos de Sansão. Sansão desconfiava do truque, sabe? Mas aquela ária agradava-lhe muito mais que sua cabeleira.

A noite continua suavemente e suavemente adormeço. E desconfio de minhas confidências. Inquieta-me ter esquecido meus grandes rancores: isto é grave. Talvez esteja também encantado com minha fraqueza. Não quero saber se estou ou não prêso na armadilha, Sansão que não se atreve a mover-se, quebrar o encanto, Sansão maravilhado de ser aquêle pagem numa armadilha para passarinho.

Antoine.

FIM

A presente edição de CARTAS DO PEQUENO PRÍNCIPE de Antoine de Sant-exupéry é o volume número 1 da Coleção "Descoberta do Homem". Impresso na Líthera Maciel Editora e Gráfica Ltda., à rua Simão Antônio 1.070 - Contagem, para a Editora Itatiaia, à Rua São Geraldo, 67 - Belo Horizonte - MG. No catálogo geral leva o número 00046/9B. ISBN: 978-85-319-0265-9.